Stoizismus

Was Sie noch heute von der Philosophie der Stoa unbedingt lernen sollten! Das Wissen der Stoiker gezielt mit diesen Tipps & Tricks anwenden

Marcus Raither

1. Auflage

2020

Inhaltsverzeichnis

Vorwort

Sicherlich kennen Sie auch diese Menschen, die durch ihre Gleichmütigkeit – nahezu Unerschütterlichkeit – einfach durch nichts aus der Ruhe zu bringen sind? Haben Sie schon einmal gehört, dass solche Menschen als stoisch bezeichnet werden? Oder haben Sie gar schon einmal jemanden getroffen, der sich selbst als *Stoiker* bezeichnet?

Stoiker sind Anhänger des *Stoizismus*. Stoizismus beschreibt im Grunde genommen eine Geisteshaltung und Philosophie, die sich besonders durch Gelassenheit, Rationalismus und Determinismus auszeichnet. Sie basiert auf der Stoa, einem der wichtigsten Lehrgebäude aus der abendländischen Geschichte (*als Abendland* wurde früher der westliche Teil Europas bezeichnet, im Gegensatz zum *Morgenland*, was damals den Orient bezeichnete). Heutzutage benutzt man den Begriff stoisch auf dieser Grundlage auch als eine Beschreibung für Menschen, die besonders gleichmütig und gelassen sind und sich generell nicht von Stimmungsschwankungen oder emotionalen Neigungen aus der Bahn werfen lassen.

Sie beneiden diese Einstellung und würden gern mehr darüber erfahren, wie man selbst zu so viel

Gelassenheit kommt? Dann haben Sie mit dem Kauf dieses Buches bereits den besten ersten Schritt gemacht. Ihnen wird in den folgenden Kapiteln mehr über die Lehre der Stoa erklärt und über die Grundlagen der Philosophie des Stoizismus. Erfahren Sie, wie sich der Stoizismus entwickelte und ausbreitete und was er über die Beziehung des Menschen zur restlichen Welt lehrt. Sie werden erkennen, wie sich der Stoizismus im Laufe der Jahre veränderte, welche Lehrenden besonders einflussreich waren und natürlich, wie es Ihnen selbst gelingen kann, diese Lehre umzusetzen.

Zusätzlich bietet dieses Buch einen umfangreichen Praxisteil, der Ihnen nahebringt, wie Sie Stoizismus grundsätzlich und im Alltag verstehen können und mit welchen Übungen und Praktiken Sie nach und nach selbst zum Stoiker werden können. Sie werden sehen, mit etwas Geduld und den richtigen Tipps und Tricks werden auch Sie sich schon bald nicht mehr so leicht aus der Ruhe bringen lassen. Worauf warten Sie also noch? Beginnen Sie gleich hier!

Die Philosophie des Stoizismus

Die Philosophie des Stoizismus geht, wie bereits erwähnt, auf die Stoa zurück. Das Wort Stoa kommt aus dem Griechischen und bedeutet so viel wie *bunte Halle*, was der Name einer antiken Säulenhalle im damaligen Athen gewesen ist.

Dort entstand etwa im Jahre 300 v. Chr. die Lehre des Stoizismus, wörtlich wie im übertragenen Sinne also die Lehre der Stoa. Als Begründer gilt der hellenistische Philosoph Zenon von Kition. Lesen Sie in den folgenden Kapiteln, was genau die von ihm erstellte Lehre besagt, und erfahren Sie das Wichtigste über die Grundlagen des Stoizismus.

GRUNDLAGEN DES STOIZISMUS

Um zu verstehen, worum es im Kern beim Stoizismus überhaupt geht, sollen Ihnen zunächst die Grundlagen des Stoizismus erklärt werden. Der Stoizismus hat sich im Laufe der Zeit teilweise verändert und als sehr wandelbar und anpassungsfähig bewiesen (ein besonders kennzeichnendes Merkmal im Vergleich zu vielen anderen, teilweise vom Zeitgeschehen überholten Lehren).

Die Kernelemente dieser Philosophie sind jedoch stets erhalten geblieben und wurden höchstens dahingehend verändert, dass sich der Schwerpunkt einmal mehr auf das eine oder das andere Gebiet verlagerte.

Diese Kerngebiete des Stoizismus stützen sich auf die Bereiche Physik, Logik und Ethik.

In der Physik dreht sich alles um den Kosmos und alles, was er beinhaltet. Die Logik befasst sich mit Erkenntnissen, Erklärungen und Beweisen. Die Ethik schließlich ist auf das menschliche Leben gerichtet. Sie bildet den absoluten Kern der stoischen Philosophie und insbesondere den Mittelpunkt der späteren Lehren.

In der stoischen Weltanschauung entsteht alles auf einem Urfeuer, *Aither genannt.* Und jeglicher *Stoff,* also alles, was in der Welt existiert, ist durch göttliche Vernunft beseelt worden. Diese göttliche Vernunft ist dic eben erwähnte Logik. Auf diese Art und Weise scheint alles in der stoischen Lehre sowohl materialistisch wie auch *pantheistisch.*

Pantheismus bedeutet, dass eine Art göttliches Wesen eins mit dem Universum ist. Es existiert demnach in seiner Gesamtheit, seinem Aufbau und seiner Struktur und jegliches Sein ist von ihm beseelt. Es gibt also keinen eigenständigen personifizierten Gott. Das göttliche Wesen ist eins mit der Welt, in ihr und nur in ihr überall anzutreffen.

Zum Kernbereich der Physik

Im Bereich der Physik dreht sich alles um die Dinge des Kosmos und seine Zusammensetzung. Die Geschehnisse und Phänomene der Natur und des gesamten Kosmos zu verstehen und erklären zu können, sind zentrale Ausgangspunkte der Physik.

Im Stoizismus geht man außerdem von einer strengen *Kausalität* allen Geschehens aus, also von einer Beziehung zwischen Ursache und Wirkung eines Geschehens. Unter dieser strengen Kausalität versteht man eine lückenlose Kausalkette.

Das wiederum bedeutet, dass alles, was in der Welt vor sich geht, auf einen zuvor geschehenen Ursachenablauf zurückzuführen ist. Finden Stoiker diese Kausalkette nicht, gehen sie davon aus, dass das menschliche Erkenntnisvermögen an dieser Stelle schlichtweg nicht ausreichend ist.

Das Individuum ist außerdem durch ein Schicksal, genannt Heimarmene, bestimmt. Heimarmene ist griechisch und stellt auch bereits in der älteren griechischen Mythologie die Verkörperung des unabwendbaren Schicksals dar. Und sollte sich das Individuum doch einmal gegen seine eigene Vorherbestimmung stellen, dann sei auch dies durch sein Schicksal bestimmt gewesen.

Diese Vorstellung wurde und wird früher wie heute von verschiedenen Philosophen mit äußerst differenzierter Leidenschaft wahrgenommen. Der britische Philosoph Bertrand Russell etwa urteilte in einem seiner Werke eher geringschätzig über diese Kausalitätslehre und kritisierte, dass eine solche Vorherbestimmung tugendhaftes Tun unnötig erscheinen lässt.

Denn wenn das eigene Schicksal vorherbestimmt sei, dann mache es keinen Unterschied, ob man sich tugendhaft oder eben nicht tugendhaft verhalte.

Andere Philosophen des Stoizismus, darunter auch der Franzose Pierre Hadot, sahen die Freiheit des menschlichen Wesens auch in der Kausalitätslehre der Stoiker noch vorhanden und sprachen ihr einen großen Wirkungsraum zu. Hadot behauptete, dass der Mensch durch sein Sprachvermögen in ein anderes Universum gelangen könne. Gemeint ist damit vor allem eine Art zweite Ebene, von der aus er die Dinge betrachten könne.

In diesem Universum, wie er es nannte, solle nicht die Kausalität vorherrschen. In diesem Universum sollten stattdessen ein Sinn und ein moralischer Wert von Belang sein. Durch diesen Sinn und durch moralische Wertvorstellungen habe der Mensch die Möglichkeit, die (vom Schicksal verursachten) Geschehnisse eigenständig in die Kategorien von Gut und Schlecht einzuteilen. Er könne sie also bewerten. Dieser Wert, dem der Mensch den Geschehnissen und Handlungen zuschreiben könne, sei insbesondere das Ergebnis der moralischen Wertvorstellungen.

Die Fragen nach der individuellen Handlungsfreiheit ebenso wie nach der moralischen Verantwortlichkeit zeigen sich in der Philosophie des Stoizismus jedoch immer wieder.

Der griechische Philosoph Chrysippos von Soloi, der als einer der bedeutendsten ersten Vertreter des Stoizismus gilt, sah in der Anlage zur Vernunft, die jedem Menschen inne sei, ebenfalls eine Möglichkeit, Geschehnisse und Sachlage zu überprüfen und zu bewerten.

Der Mensch sei dazu in der Lage, einer inneren Regung nicht blind zu folgen, sondern durch Vorstellungskraft zu bewerten, ob die durch die innere Neigung hervorgebrachte Aktion gut oder schlecht wäre. Dadurch sei er auch in der Lage, ihr nachzugeben oder sie abzuweisen. Zudem würde nicht nur die Tat des Menschen bzw. die Gedanken, die der Entscheidung zugrunde liegen, bestimmen, ob etwas als gut oder schlecht zu betrachten sein.

Vielmehr würde auch das innere Wesen eines anderen Individuums ausschlaggebend sein. Das innere Wesen eines jeden Individuums ist in seiner Betrachtung eine Art natürliche Eigenschaft, die jedes Ding und jedes Lebewesen auf der Erde mit sich bringt. So kann die Handlung einer Person häufig nur in Kombination mit dieser natürlichen Eigenschaft etwas Gutes oder etwas Schlechtes auslösen.

Ein bekanntes Beispiel von Chrysippos ist in diesem Zusammenhang das der rollenden Walze: Wenn ein Mensch eine Walze an einem Abhang anstößt, dann würde er zwar einen Impuls zur Bewegung der Walze geben, dass die Walze jedoch unkontrolliert den Abhang hinunter rollen wird, liegt in ihrem inneren Wesen.

Würde die Walze nicht von Natur aus dazu neigen, unkontrolliert hinunter zu rollen, dann würde sich das Anstoßen der Walze anders auswirken. Wäre die Walze z. B. steuerbar, leichter, eckig oder gar unbeweglich, dann würde das bloße Anstoßen des Menschen sie nicht dazu bringen, großen Schaden anzurichten.

Die gleiche Handlung würde also in Kombination mit einem anderen inneren Wesen ganz andere oder sogar gar keine Auswirkungen haben. Nur in Verbundenheit mit der natürlichen Beschaffenheit einer Walze wird die Handlung wahrscheinlich als schlecht eingestuft werden.

Dieses innere Wesen sei laut Chrysippos ebenfalls vom Schicksal bestimmt. Eine Walze wird immer die Eigenschaft besitzen, zu rollen. Das sei ihr Schicksal und ihr logischer Inhalt.

Zum Kernbereich der Logik

Logik im Sinne des Stoizismus beschäftigt sich mit Sprache und mit Vernunft. In diesem Zusammenhang beinhaltet die Logik daher sowohl die Regeln des Denkens und Argumentierens als auch die des Ausdrückens des Gedachten durch die Sprache. Sie bildet sozusagen einen Rahmen für die Bereiche der Physik und Ethik, auf Letztere wird im Folgenden auch noch näher eingegangen. Die Logik umfasst dabei drei Bereiche: die Erkenntnistheorie, die Dialektik und die Rhetorik.

Innerhalb der Erkenntnistheorie wird auch von Erkenntnisvermittlung gesprochen. Die Erkenntnistheorie umfasst also nicht nur das Erkennen von Dingen bzw. von Wahrheiten, sondern auch das Vermitteln dieser Erkenntnisse. In der Logik wird allerdings nicht nur vom reinen Erkennen gesprochen, sondern auch davon, Kriterien aufzustellen, nach denen man überhaupt erkennen bzw. Wahrheiten aufstellen kann.

Man kann hierbei auch von Wissen sprechen. Wissen bedeutet in diesem Zusammenhang das Treffen einer Aussage, deren Wahrheitsgehalt nachweisbar ist. Dabei verlässt man sich im Stoizismus zunächst auf das, was man mit seinen Sinnen wahrnehmen kann. Da man jedoch auch zu früheren Zeiten bereits erkannte, dass

Sinneswahrnehmungen begrenzt sind, verlässt man sich in der stoischen Lehre nicht ausschließlich darauf. Vielmehr wird auch das als wahr anerkannt, was unmittelbar oder aber nach Einsatz eines der aufgestellten Kriterien einleuchtet.

Wenn etwas einleuchtend sein muss, dann bedeutet dies auch, dass der Mensch dazu in der Lage sein muss, selbstbeherrschte und abwägende Entscheidungen zu treffen. Wer dies nicht schafft und sich stattdessen von inneren Trieben oder Instinkten leiten lässt, wird folglich nicht dazu in der Lage sein, Wahrheiten festzustellen.

Derjenige, der Wahrheiten finden möchte, muss klar dazu in der Lage sein, Meinungen von Tatsachen zu unterscheiden. Ein Mensch, der nur von Trieben und Gefühlen gesteuert wird, ist dazu gar nicht fähig, kann also folglich keine wahrheitsgemäßen Aussagen treffen.

Nur ein Mensch, der Selbstbeherrschung versteht, kann also auch wissen. Als Medium für das Erkennen und die Erkenntnisvermittlung gilt die Sprache. Daher wurden durch die Philosophen der Stoa zahlreiche Studien zur Grammatik betrieben und erste Sprachlehren entwickelt. Nur so konnten sie – um zurück zur Physik zu kommen – die Kausalketten, an die sie glaubten, lückenlos aufweisen.

Neben der Erkenntnistheorie wurden die Dialektik (aus dem Griechischen, zu Deutsch etwa Kunst der Unterredung), die Kunst ausgefeilter dialogischer Rede, sowie die Rhetorik (aus dem Griechischen, zu Deutsch etwa Redekunst), die Wissenschaft guten Sprechens in fortlaufender Rede, entwickelt und geschult. Die Dialektik im Stoizismus ist auf einen logischen Schluss gerichtet.

Sie widmet sich der Wahrheitsfindung und der Erkenntnissicherung und spezialisiert sich dabei einerseits auf das schlussfolgernde Argumentieren und anderseits auf die formale Logik und die Sprache der Mathematik.

Das Vortragen von Argumenten und Wahrheiten geschah so insbesondere durch besondere Sprachmittel, u. a. durch die besonders häufig verwendete Konditionalaussage wenn...dann oder durch die Kausalaussage weil.... Ein Satz in der Konditionalaussage lautete also etwa, „Wenn es Tag ist, dann ist es hell.“. Der Satz als Kausalaussage würde folglich lauten, „Weil es Tag ist, ist es hell.“.

Die Rhetorik schließlich diente dazu, das, was als Erkenntnis gewonnen wurde, in überzeugender, gegliederter und sprachästhetisch ansprechender Form weiterzugeben. Diese Kunst ist auch von zentraler Bedeutung in vielen anderen Bereichen der Philosophie. Insgesamt wurde auf die Dialektik in der stoischen Lehre jedoch ein wenig mehr Gewicht gelegt.

Zum Kernbereich der Ethik

Im Bereich der Ethik geht es um die Einordnung des Menschen in die Natur, die ihn umgibt. Dies ist aus stoischer Sicht die vorrangige Bestimmung des Menschen. Dazu gehört auch das Entscheiden über *richtiges* Handeln und Unterlassen. Durch den gegebenen Geist und sein

Denkvermögen habe der Mensch selbst Möglichkeiten, *Weisheit* zu erlangen. Diese Weisheit galt als höchstes Gut und Inbegriff des glücklichen und geglückten Daseins. Dafür war es wichtig, Selbsterkenntnis zu erlangen und sich zielfördernde Verhaltensweisen und Haltungen anzueignen. Die eigene Vernunft ist dabei das Mittel der Wahl, den Weg dorthin zu weisen.

Dieser Weg zur *Selbstvervollkommnung* war dabei ein ebenso wichtiges Motivationsmotiv wie der natürliche Selbsterhaltungstrieb. Und schließlich sei auch die am Ende erhaltene Seelenruhe eine Motivation, die die stoischen Weisen schon innehatten. Der sogenannte stoische Weise gilt als Idealbild der stoischen Ethik – er lebe in vollkommener Übereinstimmung mit der Natur und seine Handlungen zeigen im gleichen Maße die vier großen Tugenden des Stoizismus: Weisheit, Tapferkeit, Mäßigung und Gerechtigkeit. Zu diesen Tugenden erfahren Sie später noch mehr.

Diese Weisheit zu erlangen, war also das höchste Ziel. Damit dies gelingen könne, so glaubten die Stoiker, brauche man eine stark ausgeprägte Affektkontrolle, um keine unvernünftigen Handlungen auszuüben. So könne man sich von Leidenschaften befreien, Genügsamkeit üben und Unerschütterlichkeit erlernen. Das ist der Kern, auf den sich die heutige Gebrauchsweise des Begriffs stoische Ruhe bezieht.

Während man dies heutzutage jedoch häufig nicht nur mit Gelassenheit, sondern gar mit Teilnahmslosigkeit, Passivität, nahezu Apathie verbindet, war dies zu damaliger Zeit gerade nicht der Fall. Ein stoischer Philosoph brachte die Gleichgültigkeit der Stoiker mit den folgenden Worten gut auf den Punkt: *Arbeiten wie es das Beste für die Gemeinschaft ist.* Man solle die Arbeit also so erledigen, dass sie der Gemeinschaft zugutekommt, ohne dabei unglücklich oder bemitleidenswert zu sein.

Bemerkenswert an der stoischen Lehre ist im Übrigen auch, dass ihr Verständnis von Gemeinschaft alle Menschen mit einbezog und keine außenstehenden Kulturen grundsätzlich ausschloss.

Obwohl z. B. noch räumliche Grenzen zu den Völkern der Barbaren bestanden, wurden Sie in den Theorien der stoischen Lehre nie bewusst ausgegrenzt. Wenn von der Gemeinschaft gesprochen wurde, dann hieß das: Die Gesamtheit aller Menschen und aller Dinge dieses Universums.

Sogar Sklaven waren aus dieser Sicht als Teil der Gemeinschaft zu verstehen, obwohl die Sklaverei deshalb noch lange nicht abgeschafft wurde. Die Unterschiede in der Gesellschaft sollten durch die Stoa häufig gar nicht verändert werden. Doch die stoische Lehre erkannte alles als Teil eines großen Ganzen an.

DER AUFBAU DER WELT UND DIE POSITION DES MENSCHEN

Die Weltansicht der Stoiker wurde bereits kurz angeschnitten. In diesem Kapitel soll das Verständnis für die Weltansicht der Stoiker noch ein wenig vertieft werden.

In der stoischen Philosophie glaubte man an die Ewigkeit des Kosmos, nicht jedoch an die Ewigkeit der Erde. Durch eine Art göttliches Wesen wurden alle Dinge auf der Erde beseelt, daher wohnt auch allem etwas Göttliches inne. Der Mensch sei daher kein besonders erhabenes Wesen oder gar wichtiger als alles andere auf der Welt – ihm hafte zwar etwas Göttliches inne, jedoch nicht mehr als allen anderen natürlichen Dingen.

Jeder Mensch habe ein vorgegebenes Schicksal, aus dem seine Position rühre, genau wie alles andere auf der Welt. Im Prinzip sind sich damit alle Dinge auf der Erde ebenbürtig. Gleichzeitig teilten die Stoiker alle Wesenseinheiten in gute und schlechte auf, indem Sie lehrten, dass man tugendhaft leben sollte.

Trotz eines angeborenen Schicksals glaubten die Stoiker an die freie Willensbildung des Menschen. Das Schicksal bezog sich bei den Stoikern nur auf die äußeren Entwicklungen, nicht auf das Innenleben eines Menschen. Solche Einheiten, die nicht dem menschlichen Willen unterliegen, wie etwa Leben und Tod, Armut und Reichtum, Gesundheit und Krankheit, Glück und Unglück usw., wurden als neutrale Einheiten betrachtet.

Da diese unveränderbar waren und Teil eines jeden Schicksals, sollte der Mensch aus den gegebenen Umständen schlichtweg das Beste machen und sich nicht damit aufhalten, sich über die Umstände zu ärgern o. Ä.

Alles, was hingegen dem menschlichen Willen unterliegt, wurde als bewertbar angesehen und dadurch in die Kategorien von guten und schlechten Taten eingeteilt bzw. in tugendhaftes Handeln oder untugendhaftes Handeln.

DER TOD IM STOIZISMUS

Der Umgang mit dem Tod ist im Stoizismus ebenfalls ein zentraler und kennzeichnender Aspekt.

In der jüngeren Stoa wurde vor allem die Ansicht vertreten, dass die Welt das Werk eines göttlichen, also im stoischen Sinn vernünftigen Prinzips ist. Damit war unumgänglich alles, was ihr naturgemäß inne ist, auch Teil dieses vernünftigen Werkes – so auch der physische Tod.

Er war schlichtweg ein Naturgesetz, ein Teil des Weltgeschehens, der nicht weggedacht werden konnte. Schon bei seiner Entstehung sei der Verfall eines jeden Gegenstandes unwiderruflich festgelegt worden. Ebenso war also auch der Tod eines jeden Lebewesens bei seiner Geburt unwiderruflich festgelegt worden.

Eine der bekanntesten stoischen Fragen, die immer wiederholt wird, lautete: Was tut es zur Sache, wie lange man vermeidet, was unvermeidbar ist? Wenn etwas ohnehin geschehen werde, dann brauche man seine Zeit nicht damit verbringen, darüber zu grübeln und es zu fürchten. Gleichzeitig erkannten die Stoiker der jüngeren Stoa aber auch an, dass das grundsätzliche Verdrängen des Todes ebenfalls sinnlos sei. Der Tod sollte stattdessen weder aktiv gefürchtet noch (wahrscheinlich ebenfalls aus Furcht) verdrängt werden; er solle vielmehr als natürliche Notwendigkeit betrachtet und akzeptiert werden.

Furcht vor dem eigenen Tod und Trauer um bereits Verstorbene waren in der stoischen Lehre daher eben solche Triebe und unlogischen Affekte, die man zu bewältigen hatte, um Seelenruhe zu erlangen. Wenn der Tod nun im Umkehrschluss also keine Trauer oder Angst hervorruft, dann stellt er auch kein Problem mehr dar. Auf diese Weise wird der Thematik jegliche Problematik genommen. Dieses Argument hilft jedoch nur demjenigen, der tatsächlich vollkommen in der stoischen Philosophie aufgeht.

Gleichzeitig wurde der Tod auch nicht als das Gegenteil des Lebens betrachtet, sondern er war vielmehr Teil einer engen Verknüpfung aus beidem. Wer gut lebte, der würde auch gut sterben, so hieß es. Für ein gutes Leben ist die Dauer der Lebenszeit nicht von Belang. Ausschlaggebend ist vielmehr, dass die Lebenszeit sinnvoll genutzt wird.

Im Endeffekt ist der wahre Stoiker sich der Gewissheit des Todes also bewusst, tritt ihr jedoch mit Ruhe und Gleichmut gegenüber.

Ob die Seele des Menschen hingegen unsterblich ist oder nicht, wurde in der stoischen Lehre vielfach diskutiert. So finden sich Aussagen einiger

Philosophen darüber, dass die Seele mit dem Tod des Körpers erloschen ist. Daneben behaupten andere Philosophen, dass die Seele weiterlebt, gereinigt wird, beinahe etwas Göttliches erhält o. Ä. Eine einheitliche Aussage für den gesamten Stoizismus ist daher nicht zu finden.

DIE 4 TUGENDEN DER STOA

Die Lehre der Stoa ist durch 4 Haupttugenden geprägt, die man auch Kardinaltugenden nennt. Diese Tugenden sind Tapferkeit, Mäßigung, Gerechtigkeit und – wahrscheinlich die wichtigste – Weisheit. Sie wurden zuvor bereits erwähnt und sollen in diesem Kapitel genauer beleuchtet werden.

Tapferkeit

Tapferkeit bedeutet in erster Linie Durchhaltevermögen. Wer in einer schwierigen Situation trotz Nachteilsposition durchhalten kann, wird als tapfer bezeichnet. Meist ist diese Fähigkeit damit verbunden, an bestimmte Werte und Moralvorstellungen zu glauben und daraus die Kraft zu ziehen, dafür einzutreten oder gar zu kämpfen, auch wenn die Situation nahezu aussichtslos erscheint. Wer tapfer ist, ist dazu bereit, eine Konfliktsituation durchzustehen, auch wenn es keine Garantie für seine eigene Unversehrtheit, Freiheit oder gar für sein eigenes Überleben gibt.

Mäßigung

Mäßigung wird häufig auch als Besonnenheit bezeichnet. Sie beschreibt die Fähigkeit, Triebe oder Affekte zu zügeln und diese in einem guten

Mittelmaß halten zu können. Sich nicht vollkommen den Trieben oder inneren Verlangen hinzugeben, sondern stattdessen besonnene bzw. überlegte und logische Entscheidungen zu treffen, ist Kern der stoischen Philosophie.

Gerechtigkeit

Gerechtigkeit ist eine komplexe Tugend und mitunter schwer zu definieren. Grundsätzlich gilt Gerechtigkeit als Maßstab für menschliches Handeln. Als Grundregel wurde häufig verfasst, „Gleiches ist gleich zu behandeln und Ungleiches ungleich“. Die Frage, was im Einzelfall als gleich und was als ungleich anzusehen ist, ist jedoch immer wieder auf Schwierigkeiten gestoßen.

Gerechtigkeit im stoischen Sinn erfordert einen gewissen Gleichheitssinn. Gewisse Grundprinzipien, wie etwa Würde oder Freiheit, werden für alle Menschen gleichermaßen anerkannt. Der stoische Gerechte erkennt die Gleichheit der Menschen im Grunde also auch als naturgegeben und daher als logisch an.

Weisheit

Die Weisheit ist die wahrscheinlich wichtigste und erstrebenswerteste Tugend im Stoizismus. Ihr liegt ein tiefgehendes Verständnis für alle Zusammenhänge der Natur, des Kosmos und des Lebens zugrunde. Der Weise besitzt die Fähigkeit,

Herausforderungen und Problemen mit schlüssigen und logischen Lösungen gegenüberzutreten. Er findet sinnvolle Antworten auf nahezu alle Fragen, ohne dass er dabei von persönlichen Emotionen oder Trieben beeinflusst würde. Entscheidend ist dabei auch, dass die Entscheidungen des Weisen sich stets als nachhaltig sinnvoll erweisen. Daher kann es auch vorkommen, dass eine seiner Erkenntnisse im ersten Moment von anderen nicht als weise erkannt wird, da diese selbst von Gefühlen oder Affekten beeinflusst sind. Im Nachhinein werden auch sie jedoch eben diese Erkenntnisse als richtig oder gut und logisch empfinden.

Das Erlangen vollkommener Weisheit ist im Stoizismus das höchste Ziel.

Der sogenannte stoische Weise vervollkommnet alle vier Kardinaltugenden. Genannt wird er jedoch der stoische Weise. Der hohe Stellenwert der Weisheit wird allein dadurch abermals deutlich. Das ganze Leben wird im Stoizismus also als Lernprozess betrachtet, in dem diese Tugenden erlernt und umgesetzt werden sollen.

Die Geschichte des Stoizismus

Die auf der Stoa basierende Philosophie hat sich im Laufe der letzten Jahrhunderte gewandelt, wenn sie sich auch von ihren Kernelementen nicht allzu sehr entfernt hat.

Gegründet wurde diese Lehre der tugendhaften Gelassenheit wie bereits zuvor erwähnt etwa im Jahre 300 v. Chr. in Griechenland. Erfahren Sie im Folgenden mehr über die geschichtliche Entwicklung des Stoizismus und die Hintergründe der Lehren und Lehrenden.

HISTORISCHER KONTEXT

Die Zeit um das Jahr 300 v. Chr. war eine Zeit, in der Griechenland und seine bisherigen Lehren und Ordnungen in einer ungewissen Lage standen. Seit längerer Zeit bildete die sogenannte Polis, der Staatsverband des alten Griechenlands, die Basis der Ordnung und Struktur.

Die Polis war geprägt von politisch-sozialen Normen und Einordnungen, geriet jedoch in dieser Zeit in eine Art Krise. Die Ausweitung des Königreichs Mazedonien brachte viele alte Strukturen ins Wanken, was die Zeit jedoch als begünstigend für neue Weltanschauungen machte. In dieser Zeit entwickelte sich nicht nur der Stoizismus, sondern parallel auch die Lehre der Epikureer, eine ebenfalls griechisch verwurzelte philosophische Lehre. Sie hatte mit dem Stoizismus die Suche nach dem Seelenheil gemeinsam, verstand jedoch Lust als höchstes Gut und das Streben nach ihr als gemeinsame Grundlage der menschlichen Existenz.

Der Stoizismus entwickelte sich anschließend im Laufe von etwa sechs Jahrhunderten in drei besonders prägnante Strömungen. Diese Strömungen werden heute als antike Stoa, mittlere Stoa und jüngere Stoa bezeichnet. Heute findet man allerdings nur noch von der sogenannten jüngeren Stoa vollständig erhaltene Werke. Die Werke der vorangegangenen Strömungen sind nur noch teilweise nachvollziehbar.

Die Zeit der sogenannten mittleren Stoa beginnt etwa mit dem Aufgehen der griechischen Kultur im damaligen Römischen Reich. Dieses Aufgehen führte zu einer teilweise gegenseitigen Beeinflussung beider Kulturen.

Die stoische Philosophie stand grundsätzlich in Einklang mit dem politischen Handeln der Römer und so fand Sie ihren Platz auch in einigen führenden Kreisen der Römer. Der Philosoph Panaitios, der etwa im Jahr 180 v. Chr. geboren wurde, galt als eines der wichtigsten Bindeglieder zwischen der Stoa und der römischen Kultur. Die damals in der Lehre der Stoa zunächst vorherrschende strenge Trennung von Geist und Körper (wobei der Körper im Vergleich zum Geist als geringschätzig betrachtet wurde) wurde von ihm angepasst und fortan als Einheit beschrieben.

Diese Einheit bildete in seiner Lehre den Ausdruck der Gesamtpersönlichkeit. Auch legte er den Fokus nicht mehr auf radikales Unterdrücken der inneren Triebe, sondern vorrangig auf die Steuerung durch die eigene Vernunft und Mäßigung. Panaitios erkannte auch individuelle Veranlagungen und durch den Lauf des Lebens entstehende Prägungen an.

Dies wiederum bedeutete, dass die Voraussetzungen zur Führung eines Lebens im Einklang mit der Natur und nach seinem eigenen Schicksal zu etwas Persönlichem wurden. Dadurch konnten sich nach seiner Auffassung auch die Pflichten des Einzelnen unterschiedlicher bestimmen.

Für die römische Kultur bedeutete dies, dass die Pflichten für die Adeligen grundsätzlich andere sein konnten als die, die durch die stoische Lehre für die unteren Volksschichten galten. Durch diese Unterscheidungsmöglichkeit konnten auch die römischen Herrscher Gefallen an der stoischen Lehre finden.

Im Laufe der Jahre wurden diese überarbeiteten Ansichten der stoischen Lehre von weiteren Philosophen fortgeführt und teilweise ausgebaut. Der griechische Philosoph Poseidonios gründete schließlich auf Basis dieser Lehre seine eigene Philosophieschule, in der auch der berühmte römische Politiker und Redner Marcus Tullius Cicero dessen Vorlesungen besuchte.

In späteren Zeiten, in denen sich die jüngere Stoa entwickelte, konzentrierte sich die Lehre mehr und mehr auf konkrete ethische Herausforderungen. Die Römische Kaiserzeit machte diese Entwicklung allerdings nicht besonders leicht, denn das Ansehen der stoischen Lehre sank und stieg wechselhaft mit den jeweiligen Herrschern, ihren Eigenarten und Persönlichkeiten und der Stimmung in der Öffentlichkeit.

So konnte diese Philosophie unter einem Kaiser besonders starken Einfluss nehmen und zur Herrschaftsperiode des nächsten bereits einen Großteil ihres Ansehens verlieren. Gerade unter der Herrschaft des Kaisers Nero, der in der Zeit von 54 bis 68 n. Chr. herrschte, geriet die stoische Lehre zunehmend unter Druck. Umgekehrt äußerten sich auch stoische Philosophen zunehmend kritisch dem römischen Kaiser gegenüber.

Diese Philosophen erlitten entweder einen frühen Tod oder wurden ins Exil verbannt. Dort führten sie ihre Lehren jedoch, teilweise sogar unter Gründung eigener Schulen, fort. Sie gewannen nicht selten neue Anhänger und überlieferten ihr Denken an mehrere Generationen. Diese Überlieferungen fanden jedoch häufig nur über das gesprochene Wort statt, sodass heute nicht mehr viele Lehren auffindbar sind.

Eine der wichtigsten neueren Lehren der Stoa ist die des ehemaligen Sklaven Epiktet, die sich auf das Motiv der Freiheit konzentrierte. Freiheit war in dem Sinne jedoch nicht die Abschaffung der Sklaverei, sondern eine Freiheit, die jeder Einzelne erreichen könne, egal, ob er Sklave oder ordentlicher Bürger sei.

Nach seiner Lehre konnte man alle Dinge in zwei Kategorien einteilen: solche, die ganz in der eigenen Macht stehen, und solche, die der eigenen Kontrolle versagt bleiben. Zur ersten Kategorie gehörten demnach all solche Dinge, die mit eigenen Taten oder dem Unterlassen von Taten verbunden sind. Dazu gehören auch eigene Vorstellungen, Urteile und Begierden. Zur zweiten Kategorie gehörte demnach alles, was unveränderbar ist, wie die eigene Körpergestalt oder die körperliche Gesundheit, das soziale Ansehen und ebenso der Tod.

Der stoische Weg zur Weisheit bestand nach seiner Lehre darin, die ersten Dinge als Werte anzucrkennen und die letzteren als sittliche gleichgültige Dinge. Mit den gleichgültigen Dingen sollte man sich nach seiner Auffassung nicht weiter befassen, da man sie schließlich nicht verändern könne.

Etwa 30 Jahre nach der Herrschaft Neros stieg das Ansehen der Stoa im römischen Kaiserreich erneut. Der römische Kaiser Marc Aurel galt schließlich selbst als einer der bedeutendsten Vertreter der jüngeren Stoa. Seine Selbstbetrachtungen gelten als letztes bedeutendes Zeugnis der stoischen Lehre. Die Herrschaftsfunktion des Kaisers wurde in seiner Lehre als Schicksal angenommen und als Dienstverpflichtung gegenüber dem römischen Volk.

In der nachfolgenden Zeit jedoch stieg das Christentum zur Staatsreligion im Römischen Reich auf und die Stoa verlor dadurch wieder an Rang und Ansehen. Allerdings kam es in der christlichen Lehre zu Entwicklungen, die stoische Weltansichten über Ethik und Moral aufnahmen und mit ihnen verschmolzen. Bemerkenswerterweise hatte so die Philosophie der Stoa Einfluss auf die christliche Religion. Doch nicht nur das, die Stoa nahm auf ähnliche Weise auch Einfluss auf die islamische Denkweise.

Im Zeitalter der Spätrenaissance (etwa 15. und 16. Jahrhundert in Europa) entwickelte sich schließlich der sogenannte Neostoizismus. Dieser prägte berühmte und bekannte Denker, aufgrund derer die Spuren der stoischen Lehre sich weiter ausbreiteten. Auch die Moralphilosophie von Immanuel Kant, der für seine Philosophie in der Zeit der Aufklärung (um das Jahr 1700) bekannt ist, wurde maßgeblich durch die Stoa geprägt.

Die stoische Philosophie prägt schließlich auch unsere Gegenwart noch nachhaltig. Das zeigt sich etwa in Konzepten der Psychotherapie in den USA und in politisch-philosophischen Diskursen über Ethik und Moral. Auch wenn wir im heutigen Sprachgebrauch stoisch recht häufig für Menschen verwenden, die schlichtweg gleichmütig oder gelassen wirken und keinesfalls mehr Anhänger der alten Lehre sind, gibt es auch in unserer Gesellschaft noch Vertreter/innen dieser Philosophie.

BERÜHMTE STOIKER UND IHRE ANSICHTEN

Um einen besseren Überblick über die verschiedenen stoischen Ansätze und Entwicklungen zu bekommen, erfahren Sie hier ein paar der bedeutendsten Namen der stoischen Philosophie. Vielleicht spricht Sie ja der eine oder andere besonders an und Sie haben Lust, sich detaillierter mit dessen persönlicher Entwicklung auseinanderzusetzen?

Panaitios

Panaitios zählt zu den wichtigsten Stoikern der mittleren Stoa. Er gilt auch als eines der wichtigsten Bindeglieder zwischen der stoischen Lehre und der römischen Herrschaftskultur. In seiner Lehre wurde die zuvor strenge Trennung von Geist und Körper verändert und der gesamte Organismus wurde nunmehr als Einheit betrachtet. Seine Lehre richtete sich außerdem vermehrt auf die Entwicklung von Vernunft und Mäßigung und weniger auf die reine Unterdrückung der Triebe.

Panaitios war es außerdem, der sich stärker auf persönliche Merkmale und individuelle Unterscheidungen des Einzelnen fokussierte und damit das vorherbestimmte Schicksal in Relation zum Individuum setzte. So ergaben sich die unterschiedlichen Pflichten für unterschiedliche Menschen, sodass z. B. die Kaiser und Herrscher ihre Aufgaben mehr als Dienst an dem Volk betrachten konnten, ebenso aber als besondere Vorherbestimmung.

Poseidonios

Poseidonios gehörte ebenfalls zu den wichtigsten Stoikern der mittleren Stoa. Er führte die Lehren des Panaitios fort und entwickelte sie noch weiter. Für seine Lehren ging er auf lange Forschungsreisen und erweiterte so seinen Horizont, wie kaum andere Philosophen dies taten. Seine eigene Schule der stoischen Lehre suchte auch der bekannte Philosoph Cicero auf, der später die Lehren des Panaitios und des Poseidonios schriftlich überlieferte.

Epiktet

Epiktet war, wie bereits in „Historischer Kontext" erwähnt wurde, einer der bedeutendsten Philosophen der stoischen Lehre. Lange Zeit lebte Epiktet als Sklave in Rom, wurde dann jedoch aus Rom vertrieben und begründete seine eigene Philosophenschule. Mit der Stoa kam er in Rom in

Berührung. Epiktet selbst verfasste jedoch keine Schriften, daher sind seine Lehren nur durch die schriftlichen Überlieferungen seiner Schüler verfasst worden.

Bei Epiktet stand die Ethik in der stoischen Lehre im Mittelpunkt und neben der reinen philosophischen Lehre auch die praktische Umsetzung dieser Philosophie. In Epiktets Lehre wird strenger als zuvor zwischen den Dingen, die außerhalb der eigenen Macht liegen, und den Dingen, die durch die eigene Macht veränderbar sind, unterschieden.

Die Lehren Epiktets gingen in einigen Jahren verloren und kamen erst nach einer längeren Zeit zur Epoche der Renaissance wieder vermehrt zum Vorschein. Sein bedeutendster Schüler war der Philosoph Arrian, der in seinen Schriften die Lehren des Epiktet mit überlieferte.

Marc Aurel

Marc Aurel war nicht nur einer der stärksten Vertreter der stoischen Philosophie, sondern auch fast zwanzig Jahre lang ein römischer Kaiser. Er gehört zu den bedeutendsten Vertretern der jüngeren Stoa. Insbesondere in seinen letzten Lebensjahren verfasste Marc Aurel wichtigste

Schriften, die zur stoischen Philosophie zählen. Diese Lebensjahre verbrachte er vorwiegend im Feldlager. Dort schrieb er u. a. seine Selbstbetrachtungen, die aus heutiger Sicht zur sogenannten Weltliteratur gehören.

Für die Lehre und Philosophie Marc Aurels war insbesondere die Einheit von Worten und Handlungen wichtig. Das, was gedacht, gesagt oder gelehrt wurde, musste auch in Taten umgesetzt werden. In seiner Philosophie kommt also dem stoischen Ansatz, ein Leben lang zu lernen und stets sein Bestes zu geben, große Bedeutung zu. Dabei war es nachrangig, wie viel gelehrt und studiert wurde, solange der Lebensweg darauf gerichtet war, stetig tugendhaft zu sein und Weisheit zu erlangen. Seine Philosophie wird schließlich auch dadurch geprägt, dass Marc Aurel selbst zahlreiche Schicksalsschläge zu verkraften hatte und kaiserlichen Herausforderungen gegenüberstand, die es zu lösen galt. Diese eigenen Schwierigkeiten seines Lebens und das Durchstehen derselben prägten seine philosophischen Gedanken ungemein.

Seneca

Von Seneca haben Sie möglicherweise schon vor diesem Buch gehört oder gelesen – und sicherlich wird Sie dieser Name auf Ihrem weiteren Weg noch verstärkt begleiten. Er ist schließlich einer der bekanntesten Philosophen. Seneca war einer der Vertreter der jüngeren Stoa, jedoch nicht nur Philosoph, sondern auch Politiker und Naturforscher. Bekannt wurde er insbesondere durch seine ansprechenden Reden, die leider mangels schriftlicher Überlieferung verloren gegangen sind.

Obwohl er in seinen Lehren im Sinne der Stoa Genügsamkeit und Mäßigung predigte, war er selbst doch einer der wohlhabendsten und einflussreichsten Männer in seiner Zeit und für eine Weile sogar Berater des römischen Kaisers Nero, obwohl die Zeit der Stoa unter seiner Herrschaft einen Einbruch und Unsicherheit erlebte. Dies wiederum führte dazu, dass die Stoiker ihr Leben immer mehr in Richtung Einsamkeit verlagerten.

Dieser Rückzug aus der öffentlichen Welt führte dazu, dass sich die Anhänger/innen der Stoa immer mehr auf das eigene Innere besannen und noch mehr Wert auf die Vervollkommnung des inneren Wesens und das Erlangen der Weisheit legten und immer weniger auf äußere Werte und Staats- bzw. Gesellschaftsziele.

Während dieser Rückzug bei einigen Philosophen als freiwillig und nahezu gewollt betrachtet wurde,

wurde er in der Lehre Senecas als etwas Notwendiges betrachtet, das aus der neuen Herrschaftskultur unausweichlich resultierte, um den stoischen Lebensstil weiterzuverfolgen. Dieser Lebensstil richtete sich immer mehr auf die Kardinaltugenden und die Sichtweise, mit der die Dinge und Geschehnisse der Welt betrachtet werden. Unter Seneca wurde die stoische Lehre also insgesamt immer mehr auf den Schwerpunkt der Ethik verlagert.

Zwar versuchte Seneca, den Kaiser maßgeblich zu beeinflussen, er hatte damit jedoch nicht besonders viel Erfolg und wurde schließlich sogar von Nero beschuldigt, Teil einer Verschwörung gegen ihn zu sein. Das führte letztlich sogar dazu, dass Nero Seneca befahl, sich das Leben zu nehmen, was dieser notgedrungen sogar tat. Während seiner Zeit als Berater Neros schien sein Handeln als Politiker nicht immer ganz im Einklang mit der Lehre der Stoa zu sein, was ihm teilweise schon zu Lebzeiten Kritik von anderen Stoikern einbrachte.

Seneca lehrte bedeutende Unterschiede in einigen maßgeblichen Bereichen der Stoa. Bereits in der alten Stoa wurde zwischen vier verschiedenen Menschentypen unterschieden: den Weisen, den Wissenden, den Toren und den Nichtwissenden. Oberstes Ziel war immer das Erlangen der Weisheit, doch während in der Lehre der alten Stoa nur dieses als besondere Leistung und Ziel gewertet wurde, sah Seneca bereits einen großen Erfolg darin, sich auf den Weg dorthin gemacht zu haben.

Die Kategorien als solche verloren in Senecas Lehre ein wenig ihren Stellenwert und die entscheidenden Schritte und Prozesse gewannen an Bedeutung. Dabei war der erste und für Seneca wichtigste Schritt das Wollen. Denn der Wille zur Verbesserung des eigenen Selbst konnte nach seiner Auffassung nicht erlernt werden und war doch der erste notwendige Schritt für den Gesamtprozess.

Seneca ist sich außerdem verstärkt darüber im Klaren gewesen, dass das Erreichen des höchsten Ziels, der absoluten Weisheit und unerschütterlichen Haltung, kaum einem Menschen glücken wird. Umso bedeutsamer wird der Prozess, es zu versuchen. Seneca lehrte außerdem vermehrt Bescheidenheit und Genügsamkeit und erklärte, dass, da jeder Mensch arm geboren werde, Reichtum kein natürliches Gut sein kann, also folglich auch nichts, was der Mensch erstreben sollte. Um zu überleben, würden minimale Güter ausreichen – ebenso, dass man nicht verhungern, verdursten, erfrieren oder auf sonst eine Art ums Leben kommen müsste.

Mit minimalen Gütern könne man dies bereits verhindern und so solle man dankbar und zufrieden sein, solange man ein Dach über dem

Kopf hat, eine Decke für kalte Tage, genug zu essen und zu trinken. Seneca schlug auch vor, dass diejenigen, die mehr haben als das, sich selbst Tage des Fastens und der Armut schaffen und für einen kurzen Zeitraum wieder lernen, nur mit dem Allernotwendigsten auszukommen.

So würde man das, was man mehr besitzt, erst wieder richtig zu schätzen lernen. Man solle sich so außerdem häufiger vom Wohlstand lösen und lernen, nicht davon abhängig zu werden. Denn wer sich von Wohlstand und materiellen Gütern abhängig macht, ist laut Seneca im Inneren tatsächlich arm, und wer mit dem Allernotwendigsten auskommt, der ist im Inneren tatsächlich reich.

Zusammenfassung

Neben den oben genannten gab es natürlich noch weitere teils mehr, teils weniger bedeutende Philosophen und Lehrende der Stoa. Nicht jeder von ihnen hinterließ eigene Schriften, sodass manchmal die Lehren nicht mehr vollständig für die Nachwelt erhalten geblieben sind oder unter dem Namen einer der Schüler verbreitet wurden. Die oben genannten Philosophen prägten die Entwicklung der stoischen Lehre in unterschiedlichen Ansätzen maßgeblich. Sie zu kennen und zu verstehen, ist durchaus empfehlenswert, wenn Sie selbst mehr über den Stoizismus erfahren möchten. Wenn Sie möchten, können Sie natürlich noch intensiver Zeit mit diesen Personen und den Details Ihrer Lehre verbringen, doch der gegebene Überblick sollte sich bereits als hilfreich erweisen.

Stoizismus im alltäglichen Leben – Theoretischer Überblick

Sie kennen nun also die Hintergründe und Kernelemente der stoischen Philosophie – doch wie können Sie Stoizismus zu Ihrer Lebensweise machen? Was bedeutet es, im heutigen Alltag Stoiker zu sein? Erfahren Sie in diesem Teil des Buches, wie Sie die Idee des Stoizismus in Ihrem Leben praktisch umsetzen können!

Im Alltag bedeutet Stoizismus auf jeden Fall, eine gewisse Gelassenheit, Ruhe und Gleichmütigkeit mitzubringen. Ebenso wichtig ist es dabei, seine Stimmung nicht abhängig von Geschehnissen zu machen, die unausweichlich sind und jenseits der eigenen Kontrolle liegen. Und schließlich bedeutet Stoizismus auch, in unserem Alltag noch Vernunft und Logik vorherrschen zu lassen und innere Neigungen und Triebe weitgehend abzustellen.

Das bedeutet u. a., dass Dinge, die Sie selbst nicht beeinflussen können, wie z. B. Lob oder Kritik, Sie auch in Ihrer Gefühlslage nicht beeinflussen sollten. Ob Ihre Mitmenschen freundlich oder unhöflich mit Ihnen umgehen, können Sie nicht entscheiden und verändern, daher sollten Sie deren

Verhalten im Sinne der Stoa akzeptieren und sich z. B. nicht von der Unfreundlichkeit anderer erschüttern lassen. Das gilt jedoch auch umgekehrt: Auch positives Feedback durch andere Menschen sollte Ihre Stimmung nicht beeinflussen. Hingegen sollten Sie stets mit sich im Reinen sein, glücklich und gelassen, egal, ob Ihnen jemand freundlich begegnet oder nicht.

Um solch ein Verhalten zu üben und nachhaltig zu erlernen, müssen Sie zunächst lernen und verstehen, welche Dinge in Ihrer Hand liegen und welche nicht. Vielen Geschehnissen unseres alltäglichen Lebens liegen mehrere Faktoren zugrunde, von denen wir einige beeinflussen können und andere nicht. Diese als solche zu erkennen, ist eine wichtige Grundvoraussetzung für eine stoische Lebensweise.

Ein Beispiel dafür kann etwa das Ergebnis einer Prüfung sein. Für jede Prüfung können Sie lange und ausgiebig lernen, Übungsaufgaben lösen und sich mental darauf vorbereiten. All dies obliegt Ihnen selbst. Ob Sie die Prüfung am Ende erfolgreich abschließen, hängt jedoch nicht allein von diesen Faktoren ab. Hingegen spielen auch eine Reihe anderer Faktoren, die Sie nicht beeinflussen können, eine Rolle. Das kann z. B. Ihre Tagesform sein oder Umstände, die diese beeinflussen, wie etwa das Wetter, Ihr gesundheitlicher Zustand, Müdigkeit, genereller

Stress usw. Auch der Schwierigkeitsgrad der Fragen ist ein Faktor, den Sie nicht beeinflussen können, sowie die Strenge der Prüfer/innen usw.

Wenn Sie an einem sportlichen Wettkampf teilnehmen, dann können Sie auch hier Ihr Training sehr wohl beeinflussen, doch allein davon hängen Sieg oder Niederlage nicht ab. Vielmehr spielen auch der Trainingseinsatz und die Fähigkeiten der Konkurrenten, evtl. das Wetter, Ihre Tagesform, die Tagesform der Konkurrenten, womöglich die Unterstützung der Zuschauer usw. eine Rolle. All dies können Sie nicht beeinflussen.

Das heißt nun für Ihren Alltag natürlich nicht, dass Sie sich von vornherein keine Mühe geben sollten, da Sie letztlich den Ausgang eines Geschehens sowieso nicht beeinflussen können. Es heißt lediglich, dass Sie Ihr Ziel verschieben sollten: Statt sich auf den Sieg oder den Erfolg zu konzentrieren, sollten Sie sich darauf fokussieren, in den Bereichen, die Ihnen obliegen, Ihr Bestes zu geben. Und darüber sollten Sie Zufriedenheit finden.

Einige Philosophen wie Seneca schlugen daher auch vor, immer wieder für kurze Perioden in Armut zu leben oder sich selbst kleine Vergnügen vorzuenthalten, um dadurch mehr zu schätzen, was man in seinem tatsächlichen Leben alles hat. Das bedeutet nicht, dass Sie alles aufgeben und mit Ihrem Zelt auf die Straße ziehen sollten, aber wenn

Sie es ausprobieren wollen, dann könnten Sie z. B. für eine kurze Phase nur mit sehr wenig Geld einkaufen gehen oder an bestimmten Tagen bewusst auf Süßigkeiten, Fernsehen oder das Feierabendbier verzichten. Tun Sie dies an solchen Tagen, an denen Sie eigentlich wirklich Lust auf das Bier oder auf die Schokolade hätten, dann lernen Sie, die kleinen Vergnügen langfristig umso mehr zu schätzen.

Zum Stoiker werden – Praxisübungen

Nun haben Sie bereits allerlei über die Hintergründe, Geschichte und Kernaspekte des Stoizismus gelernt und ebenfalls, was es im heutigen Alltag bedeuten kann, ein Stoiker zu sein. Im nächsten Teil dieses Buches wird Ihnen daher nahegelegt, wie Sie selbst zum Stoiker werden können. Mit den folgenden Praxisübungen werden Sie schnell lernen, wie Sie die Philosophie der Griechen in Ihrem Alltag umsetzen können und so zu mehr Ruhe und Gelassenheit kommen.

GRUNDLEGENDE FÄHIGKEITEN UND EIGENSCHAFTEN

Welche grundlegenden Fähigkeiten muss ein Stoiker besitzen? Ein wenig haben Sie davon bereits in vorangegangenen Kapiteln gelesen. Nun soll es jedoch noch ein wenig mehr ins Detail gehen. Lesen Sie das Wichtigste über die Fähigkeiten und Eigenschaften eines Stoikers, um zu verstehen, wie Ihnen die Übungen helfen können und worauf Sie Wert legen sollten, um wirklich ein Anhänger der Philosophie zu werden.

Machen Sie sich dabei ruhig immer wieder bewusst, dass manche der Eigenarten nicht von heute auf morgen kommen werden – je nachdem, wie Ihre momentane Verfassung aussieht, ist das ein mehr oder weniger langfristiger Prozess. Wenn Sie ohnehin eher von Ruhe und Gelassenheit durchflutet sind, dann werden Ihnen manche Einstellungen womöglich leichter fallen.

Sind Sie hingegen eher unruhig und unsicher veranlagt, dann werden Sie wahrscheinlich etwas mehr Zeit benötigen. Setzen Sie sich also mit allem nicht unter Druck, sondern versuchen Sie, sich Zeit zu geben und stetig dran zu bleiben. Denken Sie daran: Das ganze Leben ist ein Lernprozess.

SELBSTBEHERRSCHUNG – DER RICHTIGE UMGANG MIT BELEIDIGUNGEN

Besonders wichtig für ein stoisches Gemüt ist Ruhe und Gelassenheit – doch wie bleiben Sie wirklich gelassen, wenn Sie jemand bewusst (oder auch indirekt) beleidigt? In solchen Situationen wirklich innere Ruhe zu bewahren, ist oftmals gar nicht so einfach. Wenn uns jemand etwas sagt, was wir als beleidigend empfinden, werden wir meistens wütend.

Wenn jemand uns hinter unserem Rücken beleidigt, empfinden wir das häufig sogar als noch schlimmer. Und nicht selten kommt der spontane Wunsch auf, es dem anderen gleich zu tun, es ihm heimzuzahlen. Doch das bringt uns leider nur selten voran.

Im Gegenteil, es schürt eher noch die unangenehme Stimmung und löst in dem anderen wiederum den Wunsch aus, uns erneut unfreundlich zu begegnen. Das Beste ist es also, einen Weg zu finden, anders auf Beleidigungen oder unerfreuliche Worte zu reagieren. Und mit ein wenig mehr Erfahrung und Übung wird Ihnen ein entspannter Umgang nach und nach sicherlich gelingen!

Der Stoizismus und seine Vertreter/innen haben mehrere Strategien für den Umgang mit Beleidigungen erarbeitet. Eine besteht z. B. darin, sich zu fragen, ob das, was einem gesagt wurde, tatsächlich wahr ist. Denn warum sollte man sich über etwas aufregen, was offensichtlich tatsächlich der Fall ist? Ein Beispiel: Jemand sagt, dass Ihre Wohnung wie ein buntes Kinderzimmer aussieht.

Anstatt sich darüber aufzuregen, denken Sie kurz darüber nach: Ist Ihre Wohnung tatsächlich bunt und ausgeflippt? Mögen Sie sie so? Dann ist es doch eigentlich auch kein Drama, wenn jemand das Offensichtliche laut ausspricht. Wundern Sie sich lieber über den seltsamen Zeitgenossen, der glaubt, dass Sie die frohen Farben in Ihrem Eigenheim nicht schon selbst bemerkt hätten.

Eine zweite Strategie besteht darin, sich zu fragen, wer die Beleidigung ausgesprochen hat. Ist es ein Mensch, den Sie besonders respektieren und auf dessen Meinung Sie Wert legen? Dann können Sie seine Aussage womöglich als Hinweis nehmen, um etwas zu verbessern bzw. zu verändern. Kommt die Beleidigung hingegen von jemanden, den Sie nicht mögen und auf dessen Meinung Sie ohnehin keinen Wert legen, dann braucht es Sie eigentlich auch nicht weiter zu interessieren, richtig?

Die dritte Strategie der Stoiker/innen, ruhig und gelassen mit Beleidigungen umzugehen, sieht so aus, dass sie mit den Beleidigern umgehen, wie mit kleinen Kindern. Man solle davon ausgehen, dass vernünftige und kluge Erwachsene nicht grundlos beleidigen. Menschen, die so etwas dennoch tun, benehmen sich also eher wie unvernünftige, kleine Kinder. Und welcher Erwachsene würde sich ernsthaft über die Beleidigung eines Kindes so sehr aufregen, dass er wütend wird oder gar Rache verüben möchte? Schließlich weiß man, dass diese kleinen Kinder noch zu unreif sind und dass man auf diese Art von Aussagen auch keinen größeren Wert legen sollte.

Eine andere Möglichkeit besteht darin, die Sache mit Humor zu nehmen. Dies ist besonders wirkungsvoll, wenn Sie in der direkten Begegnung mit der Person stehen. Lachen Sie die Beleidigung einfach weg. Das hilft Ihnen nicht nur, Ruhe zu bewahren, sondern erheitert auch Ihre Stimmung wieder.

Und schließlich können Sie lernen, das Verhalten der anderen schlichtweg zu dulden. Das ist natürlich eine schwierigere Angelegenheit. Wenn Sie jedoch ernsthaft verstanden haben, wie Sie dieses Dulden umsetzen, dann kann Ihnen niemand mehr etwas anhaben.

Das Dulden ist mit die höchste Kunst der Stoiker/innen. Sich der eigenen Person so sehr bewusst zu sein und gleichzeitig zu verstehen, dass Sie das Gesagte ohnehin nicht ändern können und es daher auch keinen Sinn macht, sich darüber zu ärgern – das sollte das Ziel sein. Dann kann nichts und niemand Ihnen mehr etwas anhaben.

STRESS ERKENNEN UND BEWÄLTIGEN

Auch Stress kann uns den Alltag erschweren und unserer Gelassenheit einen Strich durch die Rechnung machen – in unserem modernen Alltag kommt dies umso häufiger vor. Kaum jemand hat heute nicht mit stressigen Zeiten zu kämpfen, seien sie auch nur vorübergehend. Der richtige Umgang mit Stress ist daher enorm wichtig, um den Weg zu einem stoischen Lebensstil zu finden. Dabei gilt ganz grundsätzlich: Je früher Sie die Stresssituationen als solche (an-) erkennen, desto einfacher wird es auch, sie zu bewältigen.

Wenn Sie sich eingestehen, dass die Situation für Sie stressig ist, dann kann der nächste Schritt sein, auch anderen gegenüber ehrlich damit umzugehen. Sprechen Sie Stress bei Ihren Freunden oder der Familie an – häufig hilft es schon enorm weiter, sich den Stress sozusagen von der Seele zu reden. Und möglicherweise können Ihre Mitmenschen Ihnen auch einen Teil der Arbeit abnehmen.

Manchmal sind wir gestresst, weil wir mehr Aufgaben übernehmen, als wir müssen. Scheuen Sie sich daher nicht davor, um Hilfe zu bitten, wenn es notwendig oder ohnehin angemessen ist. Sie haben Stress im Privatleben, weil Sie versuchen, Arbeit, Familie, Freunde und Co. unter einen Hut zu bekommen? Bitten Sie Ihre/n Partner/in oder andere Familienmitglieder, ein paar der Haushaltsaufgaben zu übernehmen. Sie übernehmen im Berufsfeld grundsätzlich mehr Aufgaben, als Sie müssten? Bitten Sie die Kollegen darum, Ihnen eine der Arbeiten abzunehmen, wenn es auch in deren Zuständigkeitsgebict fällt. Lernen Sie, sich nicht mehr Aufgaben aufzubürden, als notwendig und fair ist.

Daneben können Sie auch andere Strategien einsetzen, um Stress zu bewältigen und zu mehr Gelassenheit zu kommen. Es kann z. B. helfen, sich mehr Pausen zu nehmen – und schon kleine Pausen tun erstaunlich gut! Nehmen Sie sich häufiger einmal 5 bis 10 Minuten eine Auszeit und verlassen Sie in dieser auch den Schreibtisch/Arbeitsplatz oder den Ort, an dem auch immer Sie sonst gerade beschäftigt sind. Das hilft, den Kopf zu klären und effektiver und produktiver weiterzuarbeiten. Nutzen Sie die Zeit am besten, um frische Luft und/oder Bewegung zu bekommen. Auch wenn es nur wenige Minuten sind:

Dehnen Sie die Muskeln, stehen Sie auf, um sich einen Kaffee zu holen, öffnen Sie ein Fenster usw. Und vor allem: Strafen Sie sich nicht innerlich für Ihre Pausen. Gönnen Sie sich die Pausen mit Wohlwollen und ohne schlechtes Gewissen. Sie werden Ihnen guttun. Wenn Sie möchten, können Sie die Pausen auch ganz gezielt nutzen, um an den Praxisübungen dieses Buches zu arbeiten. Einige davon lassen sich in nur wenigen Minuten und überall sowie jederzeit umsetzen. So schlagen Sie gleich zwei Fliegen mit einer Klappe!

Wenn Sie sich der Situation häufig nicht gewachsen fühlen, kann es auch eine hilfreiche Methode sein, sich sogenannte To-do-Listen zu schreiben. Brechen Sie dazu die großen Aufgaben in mehrere kleine auf. Schreiben Sie Teilschritte auf, die Sie an dem einen Tag bewältigen möchten.

Je besser Sie organisiert sind, desto produktiver werden Sie auch arbeiten und desto schneller erledigt sich die Stresssituation. Außerdem wird es Ihnen ein gutes Gefühl geben, wenn Sie ein paar Dinge von der Liste streichen können. Sie werden sich direkt besser und entspannter fühlen, weil Sie sich selbst vor Augen führen, was Sie alles schon erledigt haben.

Um mit mehr Gelassenheit durch das Leben zu gehen, können Sie außerdem noch Ihr Umfeld überprüfen – sind Sie täglich eher von gestressten und unruhigen Menschen umgeben? Das kann sich sehr auf Ihre eigene Einstellung auswirken. Versuchen Sie also, sich immer wieder daran zu erinnern, dass der Stress und die Hektik der anderen nicht Ihr Stress und Ihre Unruhe sein sollten. Und versuchen Sie, sich häufiger mit ruhigen und entspannten Menschen zu umgeben. Das kann Ihnen sehr guttun.

Sie werden schnell merken, je näher Sie der stoischen Lebensweise insgesamt kommen, desto einfacher wird der Umgang mit Stress werden. Und je einfacher Sie Stress bewältigen und je ruhiger Sie werden, desto näher kommen Sie auch dem Stoizismus insgesamt. Ein Schritt kommt nach dem anderen, aber sobald Sie den Stein einmal ins Rollen bringen, wird es immer einfacher. Also vertrauen Sie auf sich selbst und versuchen Sie jeden Tag, ein bisschen dazu zu lernen.

ACHTSAMKEIT UND AKZEPTANZ

Die Lehre der Achtsamkeit wurde im Laufe der letzten Jahre wieder bekannter. Achtsamkeit beschreibt einen Zustand von vollkommener Geistesgegenwart, sodass die Umwelt, der eigene Körper und das Innenleben vollkommen und mit allen Sinnen wahrgenommen werden.

In einem Zustand der Achtsamkeit erfährt man auch keine Ablenkung durch Gedankengänge, Fantasien oder Tagträume und man ist frei von Wertungen. Diese Art der Aufmerksamkeit und des Bewusstseins für das eigene Sein und den Platz im Hier und Jetzt wird auch beim Meditieren praktiziert. Solche Übungen sind auch Teil der buddhistischen Lehre, haben jedoch auch ihren Platz in der stoischen Lebensweise.

Die Akzeptanz aller naturgemäßen Dinge ist schließlich ein Teil des Kerns der stoischen Philosophie. Um die stoische Lebensweise tief in sich zu verankern, können also Achtsamkeitsübungen erstaunlich sinnvoll und nützlich sein. Solche Übungen können z. B. Atemübungen sein, in denen Sie bewusst darauf achten, gerade zu sitzen oder zu stehen und tief ein- und auszuatmen. Konzentrieren Sie sich dabei nur auf Ihre Atmung und nehmen Sie diese mit allen Sinnen wahr. Eine ähnliche Übung ist das sogenannte 3-Minuten-Tauchen. Dabei nehmen Sie eine 3-minütige Auszeit und tauchen sozusagen in alle Eindrücke und Geschehnisse Ihrer momentanen Umwelt ein.

Versuchen Sie, schlichtweg aufmerksam mit allen Sinnen alles um Sie herum genau wahrzunehmen. Was sehen Sie? Was hören Sie? Riechen Sie etwas? Wie ist Ihr Körpergefühl in diesem Augenblick? Versuchen Sie, möglichst detailliert alles aufzunehmen und zu begreifen, was in diesem Moment um Sie herum geschieht oder ist. Und versuchen Sie dabei vor allem, keine Wertungen vorzunehmen.

BEDÜRFNISSE MINIMIEREN UND GENÜGSAMKEIT ÜBEN

Im Stoizismus wird häufig Genügsamkeit praktiziert. Das Streben nach materiellen Bedürfnissen und Erfolgen ist kein tugendhaftes Handeln im Sinne der stoischen Philosophie. Stattdessen sollte man zufrieden sein und das, was man hat, zu schätzen wissen. Um das zu lernen, sollte man lernen, seine Bedürfnisse zu minimieren – statt nach mehr Geld, einer Beförderung, Ruhm und Ähnlichem zu streben, sind Stoiker mit dem jetzigen Stand der Dinge zufrieden.

Versuchen Sie also, in Ihrem alltäglichen Leben Genügsamkeit zu üben und Ihre Bedürfnisse zu minimieren. Dazu stellen Sie sich am besten als Erstes ernsthaft die Frage: Was brauche ich wirklich im Leben? Denken Sie ruhig eine Weile darüber nach und schreiben Sie auch gerne auf, was im Leben für Sie wirklich von Bedeutung ist. Stellen Sie sich diese Frage auch regelmäßig vor dem Kauf neuer Konsumgüter.

Brauchen Sie wirklich noch mehr neue Klamotten oder haben Sie schon einen ganzen Kleiderschrank voll? Auch wenn Sie sich etwas anschaffen möchten, es sich aber momentan nicht leisten können, ist es eine gute Idee, sich ernsthaft zu fragen, ob das Gut tatsächlich wichtig ist. Haben Sie vielleicht schon ein fahrtüchtiges Auto?

Arbeiten Sie eigentlich auch ganz gerne in Ihrem Job und in der Position, die Sie jetzt schon innehaben?

Um diese Gedankengänge zu stärken, können kleinere Tricks und Übungen, wie Sie sie im späteren Teil unseres Buches noch kennenlernen werden, gut weiterhelfen. Dazu zählen z. B. Dankbarkeitslisten und auch negative Visualisierungen. Schreiben Sie sich auf, was Sie bereits alles haben und worüber Sie glücklich sein können.

Schreiben Sie sich auf, was wirklich zählt. Und wenn Sie dann einmal wieder einen Moment haben, in dem Sie sich wirklich nach dem sehnen, was Sie nicht haben, dann nehmen Sie diese Listen zur Hand und erinnern Sie sich an all das Schöne in Ihrem Leben.

Der griechische Philosoph Epikur von Samos sagte einmal: Wem genug zu wenig ist, dem ist nichts genug. Damit bringt er sehr gut auf den Punkt, dass die Menschen, insbesondere in der heutigen Gesellschaft, immer nach mehr streben.

Es wird immer etwas geben, dass Sie noch nicht besitzen, und sobald Sie es besitzen, werden Sie etwas anderes wollen. Wer einen einfachen Job hat, sehnt sich nach mehr Geld. Wer reich ist, vergleicht sich mit noch reicheren Menschen. Vergegenwärtigen Sie sich also stattdessen immer, was Sie alles bereits haben und das dies ausreicht, um zu überleben.

Da es immer ein mehr geben wird, wird Ihnen das Streben nach diesem keine Zufriedenheit bringen. Denn man kann nie alles haben. Nur, wer das akzeptiert und lernt, seine Bedürfnisse auf das Notwendige herunterzuschrauben, der wird irgendwann zufrieden sein können mit dem, was ihm im Leben gegeben ist.

GELASSENHEIT UND INNERE RUHE

Gelassenheit und innere Ruhe gehören zu den Grundlagen der stoischen Lebensweise. Jedoch lassen sich gerade diese beiden Eigenschaften häufig nicht so einfach wie erhofft in die Tat umsetzen. Mit ein wenig Übung werden Sie jedoch schnell einen Weg finden, sich nach und nach in Gelassenheit zu üben.

Am besten beginnen Sie damit, in kleineren Stresssituationen zu üben. Unser moderner Alltag ist schließlich voll davon – insbesondere, wenn Sie womöglich eine Familie zu versorgen haben, beruflich stark eingebunden sind usw. Für viele Menschen ist es besonders schwer, sich über kleinere Stressfaktoren nicht aufzuregen, da sich diese im Alltag schlichtweg häufen. Dann ist es nicht nur der Job oder der familiäre Stress, was einen aus der Ruhe bringt, sondern schon Kleinigkeiten, wie das lange Warten und Schlange-Stehen im Supermarkt, die Parkplatzsuche, der verschüttete Kaffee am Morgen usw.

Eine der besten Methoden, die Sie ausprobieren können, ist es, zu versuchen, Abstand zur Situation zu bekommen. Wenn Sie lernen, die Dinge nicht als persönliche Angriffe wahrzunehmen, kann das enorm helfen.

Die meisten der kleinen Stressfaktoren richten sich tatsächlich nicht gegen Sie als Person – den vollen Parkplatz oder den Kaffee interessiert es schließlich nicht, wer Sie sind. Auch, wenn sich jemand im Supermarkt vorzudrängeln versucht, ist das zwar eine Unhöflichkeit, jedoch eher nichts, was gegen Sie direkt gerichtet ist. Versuchen Sie also gerade in solchen Situationen, mentalen Abstand zur Situation zu gewinnen. Wenn Sie dies erst einmal im Alltagsstress im Griff haben, wird es Ihnen irgendwann auch bei anderen Konflikten leichter fallen (z. B. eine Auseinandersetzung mit Kollegen oder in der Familie).

Abstand zu gewinnen, kann übrigens auch bedeuten, räumlich Abstand zu nehmen. Manchmal braucht man einfach einen Augenblick Zeit, um der Situation tatsächlich räumlich aus dem Weg zu gehen, und kann sich dadurch viel besser entspannen. Gehen Sie daher ruhig einen Moment an die frische Luft und versuchen Sie, tief durchzuatmen. Auch die körperlichen Prozesse, wie etwa ein schnellerer Herzschlag und ein beschleunigter Atem, können so wieder zur Normalität zurückkehren. Manchmal hilft es auch, der Person, mit der man gerade eine Auseinandersetzung hatte, einen Moment lang aus dem Weg zu gehen. In einer neutralen Umgebung ist es oft viel einfacher, sich zu entspannen und wieder zur Ruhe zu finden.

Sie werden sehen, je öfter Sie in solchen Situationen Gelassenheit und Ruhe einüben, desto eher wird es sich in Ihrer inneren Einstellung verankern.

Um von Stresssituationen abgesehen zu einem ruhigen Inneren zu kommen, können außerdem entspannende Hobbys weiterhelfen. Beginnen Sie damit, Yoga in Ihren Alltag zu integrieren und morgens oder abends 5 Minuten lang zu meditieren. Solche Routinen können wahre Wunder in puncto innerer Ruhe bewirken.

So, wie sich auch die Stoiker häufiger zurückzogen, um sich mit sich selbst und ihrer Position im Kosmos zu beschäftigen und sich ganz auf ihr Inneres zurückzubesinnen, so können auch Sie regelmäßig Zeit für sich schaffen, in der Sie allein mit sich und Ihrem Inneren sind. Das kann eine längere Meditation oder Achtsamkeitsübung sein oder auch schlichtweg das Betrachten des Nachthimmels an einem klaren Abend.

Philosophieren Sie über die Größe des Universums, denken Sie darüber nach, wie klein jeder Mensch und jedes Problem doch im großen Kosmos ist – Sie werden bemerken, solche Auszeiten bewirken erstaunlich viel.

Nicht nur, dass Ihr Körper in dieser Zeit herunterfährt und Sie dem stressigen Alltag auch räumlich entfliehen, Sie werden ebenfalls bemerken, wie solche Übungen und Gedankengänge Ihre innere Einstellung um Längen verändern werden.

Insgesamt sollten Sie sich damit nicht unter Druck setzen, sondern schlichtweg versuchen, so häufig wie möglich Zeit für sich zu bekommen. Nach einer Weile werden sich feste Routinen einprägen und Sie werden immer besser darin, dem hektischen Alltag mit entspannter Ruhe zu begegnen.

15 ÜBUNGEN FÜR DEN ALLTAG

In diesem Abschnitt finden Sie eine Reihe von Übungen, die Sie ganz einfach in Ihren Alltag einbauen können, um sich weiter in der stoischen Gelassenheit zu üben. Sie müssen natürlich nicht jeden Tag alle davon umsetzen, aber es ist durchaus hilfreich, einige davon in regelmäßigen Abständen zu wiederholen. Probieren Sie die Übungen der Reihe nach aus und Sie werden sicherlich schnell eine Veränderung in Ihrer Einstellung bemerken.

Die stoische Morgenroutine (Bereiten Sie sich auf den Tag vor)

Beginnen Sie den Tag mit einer stoischen Morgenroutine. Viele Lehrer der Stoa erkannten bereits, dass es viel bewirken kann, sich jeden Morgen für einen bestimmten Zeitraum innerlich ganz bewusst auf den Tag einzustellen. Nehmen Sie sich am Morgen 5 bis 10 Minuten, die Sie für eine Art der stoischen Meditationsübung reservieren.

Am besten gehen Sie dafür an einen ruhigen Ort. Das kann Ihr Schlafzimmer sein, wenn Sie dort von nichts abgelenkt werden, oder besser noch der Garten oder die Natur. Atmen Sie bewusst und tief ein und aus und stellen Sie sich ganz gezielt auf den

Tag, der Ihnen heute bevorsteht, ein. Denken Sie an das, was an diesem Tag wichtig sein wird, was geschehen wird, und überlegen Sie sich, wie Sie in den Situationen am besten so reagieren, dass Sie sich wie der Mensch verhalten, der Sie sein möchten.

Erkennen und akzeptieren Sie auch, dass es Faktoren geben wird, die Sie nicht beeinflussen können. Versuchen Sie bei dieser Übung, ganz bei sich zu sein. Und sagen Sie sich selbst, dass der Tag gut wird.

Die hohe Kunst des Duldens

Das Dulden bzw. Akzeptieren der Dinge, die wir selbst nicht ändern können, ist eine der zentralen Künste der stoischen Philosophie. Um die hohe Kunst des Duldens zu lernen, braucht es sicherlich eine Weile. Doch Sie können damit starten, sich jeden Tag aufs Neue zu sagen, dass die Welt voll von Dingen und Geschehnissen ist, die nicht in Ihrer Hand liegen.

Und da Sie die Dinge nicht verändern können, müssen Sie sie schlichtweg akzeptieren. Sie haben sicherlich schon einmal den Satz gehört, Glücklich ist, wer vergisst, was nicht mehr zu ändern ist. Diese Phrase stammt ursprünglich aus der Operette Die Fledermaus. Und doch passt sie wunderbar in den Kontext der stoischen Lehre.

Denn auch dort geht es darum, ein gutes und glückliches Leben zu führen, ohne seine Gedanken und seine Zeit an das zu verschwenden, was wir nicht verändern können. Vielleicht prägt sich der Satz aus der Fledermaus ja durch seine Reimform leichter in Ihr Gehirn?

Sie können, wenn Sie möchten, diesen Spruch auch auf eine Karte schreiben und einrahmen, an Ihren Spiegel kleben oder ihn ins Büro bringen und auf Ihrem Schreibtisch verewigen. Solche Sätze verschriftlicht vor sich zu sehen, kann im Alltag durchaus hilfreich sein. Immer, wenn Sie dazu neigen, wieder zu vergessen, was Sie aus der Stoa lernen wollten, werden Sie automatisch daran erinnert.

Vergegenwärtigen Sie sich so häufig wie möglich, wie viele Dinge in der Welt außerhalb unserer Macht liegen – und vor allem auch, wie viele davon außerhalb jedermanns Mächte liegen. Beispielsweise ist der Tod natürlicher Bestandteil eines jeden Lebens und auch größere Naturereignisse kann niemand beeinflussen.

Und jeder Mensch wird in seinem Leben Dinge erleben, die in der Macht anderer Personen, aber außerhalb ihrer/seiner Reichweite liegen. Auch Ihre eigenen Handlungen haben einen Effekt auf das Leben anderer, können aber häufig durch diese nicht verändert werden, sodass Außenstehende auch Ihr Wirken und Entscheiden akzeptieren müssen. Ein beruhigender Gedanke, oder?

Sie werden sehen, je öfter Sie sich selbst sagen, dass es Dinge gibt, die Sie schlichtweg nur akzeptieren können, desto leichter wird es Ihnen irgendwann auch im Alltag mit unliebsamen Ereignissen fallen.

Bewusstsein über die Vergänglichkeit aller Dinge

Sie sollten sich stets über die Vergänglichkeit der Dinge bewusst sein. Das gilt für alles im Leben und auch für das Leben selbst. Das bedeutet, wie zuvor bereits erläutert, nicht, dass Sie den Tod oder die grundsätzliche Vergänglichkeit fürchten sollten, ganz im Gegenteil: Sie sollten sich die Vergänglichkeit bewusst machen, sie akzeptieren und sich daher nicht weiter Gedanken über diese machen.

Was unausweichlich ist, sollte Ihre Zeit nicht mit Sorgen und Nöten beschweren. Das Bewusstmachen der Vergänglichkeit sollten Sie ruhig aktiv praktizieren, denn gerade dann, wenn man sich innerlich Sorgen macht, neigt man dazu, diese Vergänglichkeit zu verdrängen.

Wenn Sie sich regelmäßig wieder in den Kopf rufen, dass alles im Leben vergänglich ist, wird es

Ihnen auch leichter fallen, Ihre Bedürfnisse zu verringern und Genügsamkeit zu praktizieren. Denn was macht es schon für einen Unterschied, mehr Geld zu haben, wenn es sowieso nur von kurzer Dauer ist? Auch Verluste lernen Sie besser zu verkraften, wenn Sie Ihre Einstellung bereits dahingehend geändert haben, dass alles auf der Welt nur von bestimmter Dauer ist. Denn wer bereits darauf vorbereitet ist, dass alles irgendwann ein Ende findet, für den kommt das Ende weniger überraschend und weniger schwerwiegend.

Stoische Aphorismen

Aphorismen sind eigenständige Weisheiten oder Gedanken, die nur aus einem Satz oder wenigen Sätzen bestehen. Es gibt eine Vielzahl stoischer Aphorismen, die Sie sich möglichst regelmäßig aufsagen können. Wenn Sie solche Aphorismen laut zu sich selbst sprechen oder auch aufschreiben, wird Ihnen die stoische Lehre stets gegenwärtig sein.

Ein paar besonders wirkungsvolle Zitate berühmter stoischer Philosophen finden Sie auch am Ende dieses Buches. Nutzen Sie diese für den Beginn und suchen Sie gerne nach weiteren. Vielleicht schreiben Sie Ihren Lieblingsgedanken ja auch auf eine kleine Karte und kleben diese an den Spiegel? So sehen Sie den Gedanken direkt jeden Morgen neben Ihrem eigenen Spiegelbild. Überraschend wirkungsvoll!

Ein Leben lang lernen

Vergessen Sie niemals, dass es beim Stoizismus auch darum geht, das ganze Leben lang weiter zu lernen. Das ganze Leben ist darauf gerichtet, tugendhaft zu sein, Weisheit zu erlangen und stets sein Bestes zu geben. Dass man stets sein Bestes geben soll, bedeutet natürlich auch, dass man immer versuchen sollte, sich selbst zu verbessern. Es gibt immer etwas, an dem Sie noch arbeiten können, und es gibt immer Bereiche, in denen Sie noch dazu lernen können.

Das soll natürlich nicht heißen, dass Sie über diese scheinbare Unvollkommenheit frustriert sein sollen – ganz im Gegenteil! Das soll Ihnen lediglich bewusst machen, dass es okay ist, wenn man ständig weiter an sich arbeitet und noch Dinge erkennt, die man bisher außer Acht gelassen hat.

Denn genau darum geht es im Leben. Wenn das ganze Leben ein Lernprozess ist, dann ist es gar nicht das Ziel oder eine Möglichkeit, bereits in jungen Jahren auf dem Höhepunkt der Weisheit und Tugendhaftigkeit zu stehen. Genauso, wie sich die Welt und die Umstände stetig verändern, so können, sollen und werden auch Sie sich immer wieder verändern und entwickeln. Also machen Sie sich keinen Stress, wenn Sie das Gefühl haben, Sie geraten erneut in eine Situation, der Sie noch nicht gewachsen sein könnten. Im Leben werden Sie immer wieder Neues lernen und das ist genauso gedacht.

Das Steuern des eigenen Ichs – seien Sie keine Marionette anderer

Wie oft am Tag werden Sie durch andere fremdgesteuert? Glauben Sie, dass Ihnen das eigentlich nicht besonders häufig passiert? Dann denken Sie doch noch einmal darüber nach und gehen Sie ernsthaft und genau durch, wie häufig Sie am Tag durch Außenstehende oder andere Einflüsse gelenkt werden.

Wer lässt sich nicht von den Kommentaren der Mitmenschen hin und wieder herunterziehen? Und wie häufig werden wir durch etwas, was wir heute auf zahlreichen Social-Media-Kanälen sehen, getriggert? Wie oft beeinflussen uns Werbungen und die Meinungen und Empfehlungen unserer Mitmenschen und wer hat nicht schon einmal seine Laune durch Regen oder einen grauen Himmel in den Keller rutschen sehen?

Außeneinflüsse und andere Menschen lenken uns viel häufiger in eine bestimmte Richtung, als wir es wahrnehmen oder wahrnehmen möchten. Doch sich dessen bewusst zu sein, ist ein wichtiger Schritt auf dem Weg zur stoischen Lehre. Versuchen Sie, sich stets zu vergegenwärtigen, wer oder was Sie gerade in Ihrer Handlung und Entscheidung oder auch in Ihrer Laune beeinflusst. Fragen Sie sich das ruhig häufiger am Tag. Und sobald Sie erkennen, dass es tatsächlich nur Umstände sind, die von Faktoren außerhalb Ihres persönlichen Wirkungskreises liegen, dann versuchen Sie, diese Gedanken abzuschütteln und sich wieder auf das zu beziehen, was innerhalb Ihres Wirkungskreises liegt. Seien Sie keine Marionette anderer Menschen! Lassen Sie sich nicht von Werbung steuern oder von dem, was Sie auf Facebook, Instagram und Co. gesehen haben.

Ein paar Beispiele: Nur, weil die ganze digitale Welt gerade von einem neuen Auto schwärmt, heißt das nicht, dass Sie eines brauchen. Wenn Sie online ein neues Produkt sehen, das überall angepriesen wird, dann möchten Sie dies womöglich nur haben, weil es plötzlich in der Werbung unübersehbar geworden ist – nicht, weil Sie es wirklich brauchen.

Bis zu diesem Augenblick wussten Sie ja nicht einmal, dass es so ein Produkt überhaupt gibt. Wenn Sie mit sich selbst im Reinen sind, warum sollte Ihnen ein wenig Regen die Laune verderben? Zumal Ihre schlechte Laune den Regen auch nicht vertreiben wird. Wenn Sie ein schickes neues Oberteil gekauft haben und dieses sehr gerne tragen, warum sollte es Sie beeindrucken, wenn Ihre Kollegin dieses nicht mag?

Versuchen Sie, sich stets daran zu erinnern, dass Sie keine Marionette sind, die man steuern kann. Sie allein sind für sich selbst verantwortlich.

Das Hier und Jetzt

Im Stoizismus geht es um das Hier und Jetzt. Alles, was in der Zukunft kommt, ist sowieso durch ein vorgegebenes Schicksal unausweichlich, und da auch alles, was nicht in der eigenen Gewalt liegt, logisch und naturgewollt ist, sollte man sich stets nur auf das Hier und Jetzt bzw. auf das, was man in der Gegenwart beeinflussen kann, konzentrieren.

Versuchen Sie also, wenn Sie bemerken, dass Ihre Gedanken in Sorgen um die Zukunft oder in Ärger über die Vergangenheit abdriften, sich wieder in die Gegenwart zurückzuholen. Denn nur diese können Sie gerade beeinflussen. Versuchen Sie, sich zu vergegenwärtigen, was Sie in dem Moment, in dem Sie sich gerade befinden, bewirken können, und legen Sie Ihren Fokus wieder darauf.

Natürlich heißt das nicht, dass Sie ständig absolut planlos durch das Leben gehen müssen und alle Ihre Lebensvorstellungen über den Haufen werfen müssen. Aber Sie sollten sich regelmäßig daran erinnern, dass Sie immer nur das beeinflussen können, was gerade geschieht. Die Vergangenheit ist unveränderbar und die Zukunft ist noch nicht formbar.

Dankbarkeit üben

In der stoischen Lehre ist man dankbar für das, was man hat, anstatt nach mehr materiellen Gütern zu streben. Dankbarkeit können Sie sehr leicht im Alltag üben. Sie können sich z. B. einfach jeden Abend vor dem Schlafengehen sagen, wofür Sie am jeweiligen Tag dankbar sind – oder noch besser: Sie schreiben es auf. Legen Sie eine Art Dankbarkeitstagebuch an und schreiben Sie möglichst täglich bis zu 3 Sachen auf, für die Sie dankbar sind. Sie können sich auch laut vorlesen, was Sie an anderen Tagen aufgeschrieben haben, um sich dies erneut zu vergegenwärtigen.

Eine andere schöne Idee lässt sich in der Geschichte vom Bauern mit den Bohnen in der Tasche finden: Der Bauer hatte jeden Tag eine Handvoll Bohnen in der rechten Hosentasche und bei jedem kleinen Glücksmoment, bei jeder Freude, bei jedem besonderen Augenblick brachte er eine Bohne von der rechten Tasche in die linke.

Am Abend zählte er die Bohnen und dachte bei jeder an einen der glücklichen Augenblicke zurück.

Vielleicht versuchen Sie einen ähnlichen Trick ja auch ab und an? Es müssen schließlich auch keine Bohnen sein. Sie können Perlen, Kieselsteine, Kaffeebohnen oder was immer Ihnen einfällt nehmen. Probieren Sie es doch einfach einmal. Sie werden sicherlich erstaunt sein, wofür Sie am Abend alles dankbar sein können. Und selbst, wenn es nur eine Bohne ist – Sie werden sicherlich mit einem Lächeln an den Moment zurückdenken.

Perspektivenwechsel

Die Perspektive zu wechseln, kann wahre Wunder bewirken. Natürlich ist es nicht immer leicht, sich in andere Menschen so gut hineinzuversetzen, dass man deren Perspektive ohne Weiteres vollkommen erfassen kann, aber Sie sollten es so oft wie möglich versuchen. Je besser Sie darin werden, desto leichter wird es Ihnen fallen, im nächsten Schritt eine neutrale Sichtweise und die dazu gehörende Gelassenheit zu erhalten.

Um die Perspektive zu wechseln, sollten Sie sich ganz ernsthaft fragen: Wie betrachtet der andere gerade diese Situation? Das ist gerade in Konfliktsituationen nicht immer ganz einfach, kann aber erstaunlich wirkungsvoll sein. Wenn es Ihnen am Anfang ganz besonders schwerfällt, können Sie auch Ihr Gegenüber bitten, Ihnen ihre/seine Sicht der Dinge ruhig zu schildern.

Nehmen Sie sich einen Augenblick Zeit, die Punkte zu verstehen und wirken zu lassen. Je öfter Sie das versuchen, desto einfacher wird es irgendwann, eine neue Perspektive einzunehmen. Um das verstärkt zu trainieren, können Sie auch eine komplett fremde Perspektive einnehmen. Eine neutrale Sicht auf die Dinge zu gewinnen, kann helfen, die Geschehnisse in einem ganz anderen und vor allem unvoreingenommenen Licht erscheinen zu lassen. Zur neutralen Perspektive bzw. Objektivität finden Sie auch im nächsten Punkt mehr.

Manchmal sprechen die Stoiker/innen auch davon, die sogenannte Vogelperspektive einzunehmen, also die Draufsicht. Versuchen Sie, die Situationen, bestimmte Dinge oder auch einfach einmal kürzere Abschnitte Ihres Lebens wie ein Zuschauer von oben zu betrachten. Wären Sie ein Wesen, das alle Abläufe nur aus der Ferne ansieht, wie würden Sie darüber denken? Wenn Sie gleichzeitig an vielen anderen Orten ähnliche Geschehnisse wahrnehmen würden, würden diese nicht alle klein und beinahe unvernünftig erscheinen?

Objektivität

Objektivität ist eines der wichtigsten Elemente des stoischen Alltags. Sich von eigenen Gefühlen und Bewertungen der Dinge und Geschehnisse in der Welt frei zu machen, ist eine hohe Kunst. Trotzdem können Sie sich mit ein wenig Zeit im Punkt der Objektivität üben. Versuchen Sie bei jeder Gelegenheit, die Dinge und Geschehnisse aus einer neutralen Perspektive zu betrachten. Der zuvor erwähnte Perspektivenwechsel kann dabei der erste Schritt in diese Richtung sein.

Wenn Sie erst einmal lernen, wie Sie eine neue Perspektive auf die Umwelt einnehmen können, dann wird auch eine neutrale Perspektive leichter werden. Denn Sie kennen nun bereits auch die Vorteile der Dinge, die Sie persönlich als negativ empfinden, oder die Kehrseite dessen, was Sie als positiv empfinden. Eine neutrale Perspektive bedeutet, zu erkennen, dass alles im Leben mehrere Perspektiven zulässt.

Zu Beginn können Sie sich öfter daran erinnern, dass alles, was in der Welt geschieht und vorhanden ist, aus stoischer Sichtweise einem logischen Zusammenhang entspringt. Auch die Achtsamkeitsübungen können Ihnen helfen, die Dinge nur wahrzunehmen, anstatt sie zu bewerten. Fokussieren Sie sich doch mindestens einmal täglich auf etwas, das um Sie herum passiert, und versuchen Sie ganz bewusst, die Situation nur zu erfassen, jedoch nicht zu bewerten.

Das kann anfangs etwas schwierig sein, aber je öfter Sie sich lediglich auf die Details konzentrieren und nicht auf die Emotionen, die damit verbunden sind, desto leichter wird es Ihnen fallen. Versuchen Sie auch, häufiger in Konfliktsituationen eine objektive Perspektive einzunehmen. Dazu können Sie sich einfach die folgende Frage stellen: Wie würde ein objektiver bzw. neutraler Beobachter diese Situation wahrnehmen?

Auch wenn Sie diesen Blickwinkel nur sehr kurz einnehmen, werden Sie womöglich erstaunliche Erkenntnisse daraus erhalten. Und je besser Sie in der Objektivitätsperspektive werden, desto besser wird auch Ihre innere Ruhe.

Teil eines großen Ganzen

Vergegenwärtigen Sie sich, dass auch Sie Teil eines großen Ganzen sind. Das bedeutet dreierlei Dinge.

Zum einen heißt dies, dass Sie ein natürlicher Teil des Universums sind. Sie gehören hier hin, Ihnen ist (zumindest nach stoischer Lehre) ein bestimmtes Schicksal mitgegeben, es gibt Aufgaben, die Sie zu erfüllen haben, und Ihr Dasein ist insgesamt Teil einer großen Logik. Finden Sie nicht, dass dies ein schöner und nahezu beruhigender Gedanke ist?

Gleichzeitig bedeutet dies aber auch: Sie sind nur Teil eines größeren Gesamtkonzepts. Ihr Leben, Ihre Handlungen und Ihre Ansichten sind nicht von geringerer, aber auch nicht von größerer

Bedeutung als die Ihrer Mitmenschen. Das gesamte Universum betrachtend, sind Sie nur ein sehr kleiner Teil. Machen Sie sich also nicht zu verrückt mit den kleinen Problemen des Alltags.

Für die Gesamtbetrachtung sind diese gar nicht so bedeutungsvoll. Auch allein auf Ihr ganzes Dasein bezogen ist ein kleiner Stressmoment doch wirklich ein unbedeutender Part, oder?

Schließlich – und dies ist vermutlich der wichtigste Inhalt dieser Betrachtungsweise – bedeutet das auch, dass Sie Teil eines Gesamtkonzeptes sind, zu dem auch alle anderen und alles andere dieser Welt gehört. Stellen Sie sich das Universum wie ein Körper vor, von dem Sie auch ein Teil sind. Alles im Kosmos gehört zusammen, wie Gliedmaßen zu einem Körper.

Damit dieser Körper funktionieren kann, müssen wir also wie ein Gesamtwerk handeln und zusammenarbeiten. Versuchen Sie also, sich möglichst häufig zu sagen, dass Sie nicht gegen Ihre Mitmenschen arbeiten sollten – sondern stattdessen für sie und vor allem mit ihnen. Wenn wir alle, wie es die Stoiker schon früh lehrten, aus der gleichen Natur geboren wurden und von der gleichen göttlichen Logik beseelt sind, dann sind wir alle auf eine besondere Art miteinander verbunden, man möchte beinahe sagen verwandt.

Aus dieser Erkenntnis rührt auch die Tatsache, dass die Stoiker/innen glauben, wir sollten unsere Handlungen auf das Allgemeinwohl richten und so tugendhaft leben, dass es für die Gesellschaft und die Welt das Beste ist. Nur so führen wir ein gutes Leben – auch für uns selbst. Marc Aurel beschrieb es sehr treffend einmal so: Was dem Bienenstock keinen Nutzen bringt, bringt auch der Biene keinen Nutzen.

Wählen Sie Ihre Gesellschaft mit Bedacht

Es wurde bereits unter dem Kapitel zur Stressbewältigung erwähnt – die Menschen, mit denen Sie sich umgeben, können ungewollt Einfluss auf Ihre innere Ruhe oder Unruhe nehmen. Daher sollten Sie Ihre Gesellschaft stets mit Bedacht wählen. Natürlich obliegt das nicht immer Ihnen allein – die Arbeitskollegen kann man sich selten aussuchen, genauso wenig manche Familienmitglieder.

Doch in Ihrer Freizeit sollten Sie versuchen, sich nicht von hektischen Menschen stressen zu lassen. Wenn es Ihnen schwerfällt, sich nicht von Ihnen beeinflussen zu lassen, dann verbringen Sie den Abend lieber mit den Freunden, die sich beruhigend auf Sie auswirken. Verbringen Sie die Mittagspause mit Kollegen, die Sie nicht nur mit ihren eigenen Arbeitssorgen belasten, sondern die sich positiv auf Sie auswirken und die Pause auch Pause sein lassen. Der Umgang mit ruhigen und gelassenen Menschen wird sich über kurz oder lang sicherlich positiv auf Ihr Gemüt auswirken.

Das soll natürlich nicht bedeuten, dass Sie alle Mitmenschen, die unter Stress oder Unruhe leiden, abschreiben sollen. Versuchen Sie stattdessen, sich bei jeder passenden Gelegenheit in Gesellschaft zu begeben, die Sie positiv beeinflusst – und umso mehr, wenn Sie gerade gestresst sind.

Wenn also Ihr/e Partner/in eher unruhig ist oder die/der beste Freund/in gerade eine stressige und negative Phase durchlebt, dann sollen Sie natürlich nicht direkt aufhören, Zeit mit diesen geliebten Menschen zu verbringen – aber Sie können abends einmal gemeinsame Freunde einladen, die Ihnen beiden gut tun, oder sich ein neues Hobby suchen, bei dem Sie gleichgesinnte und ausgeglichene Menschen treffen können.

Gutes tun ist mehr als nichts schlechtes Tun

Stoizismus hat, wie bereits mehrfach erläutert, nichts mit Passivität zu tun, auch wenn es in unserem heutigen Sprachgebrauch häufig so scheint. Daher ist es auch wichtig, zu wissen, dass gutes und sinnvolles Leben im Stoizismus mehr bedeutet, als schlechte Dinge zu vermeiden.

Konzentrieren Sie sich also bei Ihren Handlungen nicht darauf, schlechte Dinge zu vermeiden, sondern vielmehr darauf, aktiv gute Dinge zu tun. Sie können dies ganz einfach in Ihren Alltag einbauen, indem Sie jeden Tag versuchen, so zu leben, dass Ihr Handeln aktiv gut für die Allgemeinheit ist. Das kann dadurch geschehen, dass Sie sich für eine gute Sache einsetzen, spenden oder schlichtweg einen aktiv freundlichen Umgang mit den Kollegen im Büro pflegen. Achten Sie bei Ihren Entscheidungen auch ganz bewusst darauf und fragen Sie sich ruhig selbst: War diese Aktion nun das Vermeiden eines schlechten Verhaltens und war es tatsächlich gutes Verhalten?

Noch nicht ganz klar, wo der Unterschied liegt? Wenn Sie auf dem Weg zur Arbeit an einem Obdachlosen vorbeikommen, dann gibt es mehrere denkbare Handlungsmöglichkeiten. Sie könnten den Obdachlosen geringschätzig betrachten oder gar beleidigen – eine schlechte Handlung. Wenn Sie dies nicht tun, sondern einfach an ihm vorbei gehen, dann haben

Sie eine schlechte Handlung vermieden. Das bedeutet jedoch noch nicht, dass Sie damit auch etwas Gutes getan haben. Wenn Sie dem Menschen stattdessen etwas Kleingeld dalassen oder ihm gar beim Bäcker gegenüber einen Kaffee oder ein kleines Frühstück besorgen, dann haben Sie nicht nur die schlechte Handlungsalternative vermieden, sondern tatsächlich aktiv etwas Gutes getan.

Wenn alle im Büro über den neuen Kollegen lästern, dann können Sie entweder mit einsteigen, sich heraushalten oder aber dagegen reden bzw. nett zu dem Kollegen sein.

Nur, weil Sie sich aus den Lästereien heraushalten, haben Sie also noch lange keine gute Tat vollbracht, Sie haben lediglich eine schlechte Handlung vermieden. Wenn Sie stattdessen den anderen erklären, dass Sie sich mit den Lästereien zurückhalten sollten oder aber den neuen Kollegen auf einen Kaffee einladen, dann haben Sie aktiv etwas Positives getan.

Negative Visualisierung (das Vorhersehen schlechter Ereignisse)

Negative Visualisierung bedeutet, dass Sie sich ganz intensiv vorstellen, das Schlimmste, das Worst-Case-Szenario, sei bereits eingetreten – was immer für Sie das Schlimmste, was Ihnen passieren könnte, sein mag.

Das kann also der Tod der Familie sein, der eigene Tod, schmerzvolle Krankheiten, Armut, Einsamkeit etc. Durch regelmäßiges negatives Visualisieren erkennen Sie, wie wertvoll das ist, was Sie tatsächlich haben (etwa liebevolle Mitmenschen, Wohlstand, Gesundheit usw.). Häufig wissen wir dies nämlich erst dann richtig zu schätzen, wenn wir es verlieren. Negatives Visualisieren lenkt unseren Fokus also wieder auf das, was im Leben tatsächlich für uns wichtig ist. So können Sie diesem auch das angemessene Maß an Aufmerksamkeit schenken.

Die stoische Abendroutine (Überdenken Sie Ihren Tag)

Genauso, wie eine Morgenroutine, kann auch eine Abendroutine, in der Sie die stoische Lehre praktizieren, sehr hilfreich sein. Dies sollten Sie im Idealfall ebenfalls täglich durchführen. Machen Sie sich keinen Stress oder gar Vorwürfe, wenn es einmal nicht gelingt, doch versuchen Sie jeden Tag aufs Neue, diese Übung zur Routine zu machen.

Zu dieser Routine gehört schlichtweg, den Tag rückblickend zu betrachten und zu überdenken. Was haben Sie an diesem Tag getan, gedacht und gesagt? Und was davon war gut, vernünftig und im Sinne der Allgemeinheit? Was hätten Sie besser machen können? Schreiben Sie ruhig auch dies alles auf und reflektieren Sie sich selbst. Genau das tat auch Marc Aurel, als er seine Selbstbetrachtungen schrieb.

Er schrieb vorrangig für sich und reflektierte sein eigenes Handeln. Heute ziehen wir daraus wichtige stoische Erkenntnisse und Lehren. Und womöglich ziehen auch Sie nicht nur beim Schreiben, sondern eines Tages auch beim Durchlesen Ihrer eigenen Betrachtungen neue Erkenntnisse.

Anhang: 5 Zitate, die Sie durch den Alltag bringen

Die positive Wirkung von motivierenden Aussagen sollte man nicht unterschätzen. Oftmals genügt schon ein kleiner Impuls, damit wir uns wieder daran erinnern, worauf es eigentlich ankommt und worauf wir uns konzentrieren sollten. Daher finden Sie hier 5 wichtige Zitate aus der stoischen Philosophie, die Sie auf Ihrem weiteren Weg stets begleiten sollten.

„ES SIND NICHT DIE DINGE SELBST, DIE UNS BEWEGEN…“

„…sondern die Ansichten, die wir von ihnen haben.“ (Epiktet).

Dieses berühmte Zitat Epiktets bringt den Inhalt der stoischen Lehre ziemlich gut auf den Punkt. Den Dingen und Geschehnissen dieser Welt haftet schließlich eine unumgängliche Logik an und selten liegt das, was wir über eine Situation oder Sache empfinden, in der Natur der Sache selbst.

Doch wie wir über sie denken und was wir von ihnen halten, das beeinflusst unser Gefühl, unsere

Einstellung. Wenn bei Sturm ein Baum umfällt, dann ist es nicht der Fall des Baumes selbst, der unsere Gefühlswert bewegt, sondern, ob wir uns darüber freuen, darüber traurig sind oder es schlichtweg als geschehen hinnehmen.

„IHR FÜRCHTET ALLES, ALS WÄRET IHR NUR STERBLICH;…"

„…ihr begehrt alles, als wäret ihr auch unsterblich."
(Seneca).

Dieses Zitat Senecas bringt die Irrationalität, in der wir häufig leben, bestmöglich auf den Punkt. Wie oft machen wir uns Sorgen um Dinge, da wir uns im Grund unserer Vergänglichkeit bewusst sind – obwohl wir dieser gar nicht ausweichen können. Und dennoch streben die meisten Menschen nach materiellen Gütern, aber auch nach Erfolg und anderen Dingen, obwohl diese am Ende gar keine Bedeutung haben werden. Seneca bringt mit dieser Aussage sehr gut auf den Punkt, wie unsinnig diese Lebensweise ist.

„WER GROẞES VERSUCHT, IST BEWUNDERNSWERT...“

„...auch wenn er fällt.“ (Seneca).

Mit diesen Worten zeugt Seneca davon, dass es in der stoischen Philosophie eben gerade nicht um passives Dasein geht, sondern darum, seine Lebenszeit sinnvoll und gut zu verbringen und stets sein Bestes zu geben. Gleichzeitig zeigt es, dass Erfolg und Misserfolg keine Zeichen dafür sind, ob jemand sein Leben im Sinne der stoischen Philosophie sinnvoll oder gut verbracht hat oder nicht. Genauso wenig sagen diese Ergebnisse etwas darüber aus, ob die Person bewundernswert ist oder nicht oder ob sie glücklich oder unglücklich ist.

Wer sein Bestes gibt und seine Zeit nicht mit sinnlosen Dingen verschwendet, der lebt im Sinne der Stoa und braucht sich über Erfolg und Niederlage keine Gedanken zu machen.

„DENKE LIEBER AN DAS, WAS DU HAST…“

„… als an das, was dir fehlt.“

(Marc Aurel).

Dieses Zitat von Marc Aurel bringt erneut auf den Punkt, dass Sie dankbar für das, was Sie im Leben haben, sein sollten, anstatt immer nach mehr zu streben. Sich darüber Gedanken zu machen, was man nicht hat, macht einen Menschen nicht glücklich. Und es wird immer etwas geben, was man (noch) nicht hat. Lenken Sie Ihren Fokus daher lieber auf all die wunderbaren Dinge, die Sie im Leben schon haben – Ihre Gesundheit, Freunde, Familie, ein Dach über dem Kopf, jeden Tag etwas zu essen, das Leben als solches… Denn Sie sind am Leben! Sie können dankbar dafür sein.

„ES STEHT DIR FREI ZU JEDER STUNDE DICH AUF DICH SELBST ZURÜCKZUZIEHEN…“

„…Gönne dir das recht oft, dieses Zurücktreten ins Innere und verjünge dich so selbst.“ (Marc Aurel).

Dieses letzte unserer 5 Zitate bringt besonders stark den philosophischen Gedanken zum Ausdruck, der sich in der Lehre der Stoa befindet: Sich auf sich selbst zu beziehen, weg von den Gedanken und Fehlern der anderen, weg von all dem, was nicht in unserer Macht liegt. Wer das lernt, der hat die Lehre der Stoa verstanden.

Um das zu verinnerlichen und sich für einige Momente ganz auf sich und den Moment zu beziehen, ist es oft hilfreich, wenn nicht gar notwendig, sich nur in sein eigenes Inneres zurückzuziehen. Also tun Sie das ruhig so oft, wie Sie möchten. 5 Minuten Meditation oder Achtsamkeitsübungen können erstaunlich hilfreich und befreiend wirken.

Schlusswort

Sie haben in diesem Buch nun allerlei Wissenswertes über den Stoizismus und seine Umsetzung im modernen Alltag gelernt. Die Lehre der Stoa blickt auf eine lange Geschichte zurück und ist doch nach wie vor von Relevanz, ja, in heutiger Gesellschaft womöglich sogar besonders wichtig.

Die Akzeptanz aller Dinge, auf die Sie keinen Einfluss haben, ist eine große Tugend und wird Ihnen helfen, nicht nur im Alltag schwierigen Situationen entspannter zu begegnen, sondern auch mit den großen Fragen des Lebens anders umzugehen. Die Sorge um alles, was vergänglich ist, können Sie mit ein wenig Erfahrung schon bald streichen.

Gelassenheit und Ruhe werden Ihnen den Alltag sicherlich erleichtern. Bis sich dieses Wissen jedoch tatsächlich als Einstellung in Ihnen verankert, kann es eine Weile dauern. Lassen Sie sich jedoch nicht entmutigen und praktizieren Sie die Übungen weiter. Denken Sie an das, was die stoischen Philosophen lehren: Man lernt das ganze Leben lang.

Begegnen Sie also jedem Tag mit neuem Mut, neuer Energie und geben Sie stets Ihr Bestes.

Einzig und allein darauf kommt es in dieser Lebensweise an. Wenn Sie das verinnerlichen und umsetzen, kann Ihnen niemand mehr die Laune verderben. Stellen Sie sich den sprichwörtlichen Fels in der Brandung vor: Stark und unerschütterlich steht er da, egal, wie wild die Wellen um ihn toben. Er steht da, unverändert, was auch immer um ihn herum geschehen möge. Mithilfe der stoischen Lehre und Sichtweisen werden auch Sie bald dazu in der Lage sein, wie der Fels in der Brandung beständig zu bleiben.

Womöglich haben Sie während des Lesens schon die ersten Schritte vorgenommen und die ersten Übungen ausprobiert. Wenn nicht, dann beginnen Sie am besten noch heute! Falls Sie bereits im Prozess sind: Bleiben Sie dran! Und denken Sie stets an die weisen Worte Ciceros: Fange nie an, aufzuhören, und höre nie auf, anzufangen!

Haftungsausschluss

Die Umsetzung aller enthaltenen Informationen, Anleitungen und Strategien dieses E-Books erfolgt auf eigenes Risiko. Für etwaige Schäden jeglicher Art kann der Autor aus keinem Rechtsgrund eine Haftung übernehmen. Für Schäden materieller oder ideeller Art, die durch die Nutzung oder Nichtnutzung der Informationen bzw. durch die Nutzung fehlerhafter und/oder unvollständiger Informationen verursacht wurden, sind Haftungsansprüche gegen den Autor grundsätzlich ausgeschlossen. Ausgeschlossen sind daher auch jegliche Rechts- und Schadensersatzansprüche. Dieses Werk wurde mit größter Sorgfalt nach bestem Wissen und Gewissen erarbeitet und niedergeschrieben. Für die Aktualität, Vollständigkeit und Qualität der Informationen übernimmt der Autor jedoch keinerlei Gewähr. Auch können Druckfehler und Falschinformationen nicht vollständig ausgeschlossen werden. Für fehlerhafte Angaben vom Autor kann keine juristische Verantwortung sowie Haftung in irgendeiner Form übernommen werden.

Urheberrecht

Impressum

1. Auflage

Kontakt:

Markus Mägerle/ Am Kreisgraben 17/

93104 Riekofen

Printed in Great Britain
by Amazon

46615101R00061